TRANZLATY

Sprache ist für alle da

언어는 모든 사람을 위한 것입니다

Die Verwandlung
변신

Franz Kafka
프란츠 카프카

Deutsch
한국어

www.tranzlaty.com

Gregor Samsa erwachte eines Morgens aus unruhigen Träumen.

그레고르 삼사는 어느 날 아침, 악몽 같은 꿈에서 깨어났다.

Er befand sich in seinem Bett, konnte sich aber nicht bewegen.

그는 침대에 누워 있었지만, 몸을 움직일 수 없었다.

Er war in ein monströses Ungeziefer verwandelt worden.

그는 끔찍한 벌레로 변해버렸다.

Er lag auf dem Rücken, der sich hart wie eine Rüstung anfühlte.

그는 갑옷처럼 단단한 등에 누워 있었다.

Indem er den Kopf ein wenig hob, konnte er seinen Bauch sehen.

그는 고개를 살짝 들어 자신의 배를 볼 수 있었다.

Sein Bauch aber war gewölbt und in Segmente unterteilt.

그러나 그의 배는 둥글었고 여러 부분으로 나뉘어 있었다.

Die Decke lag auf seinem runden Bauch.

담요가 그의 동그란 배 위에 놓여 있었다.

Die Decke war jedoch kurz davor, ganz herunterzurutschen.

하지만 담요는 거의 완전히 미끄러져 내려갈 뻔했다.

Seine Beine wirkten im Vergleich zu ihrer üblichen Größe jämmerlich.

그의 다리는 평소 크기에 비해 너무 가늘었다.

Und seine vielen Beine flackerten hilflos vor seinen Augen.

그리고 그의 수많은 다리가 그의 눈앞에서 무력하게 깜빡거렸다.

„Was ist nur mit mir geschehen?", dachte er bei sich.

"나에게 무슨 일이 일어난 거지?" 그는 속으로 생각했다.

Aber es war kein Traum, aus dem er nicht erwachen konnte.

하지만 그것은 그가 깨어날 수 없는 꿈이 아니었다.

Es war tatsächlich sein eigenes Zimmer, in dem er sich wiederfand.

그가 있는 곳은 정말로 그의 방이었다.

Ein richtiges Zimmer für Menschen, aber leider etwas zu klein.

사람이 살기에 충분한 공간이지만, 크기가 조금 작다.

Er lag still zwischen den vier bekannten Mauern.

그는 네 개의 잘 알려진 벽 사이에 조용히 누워 있었다.

Auf dem Tisch befand sich eine Sammlung von Textilmustern.

테이블 위에는 다양한 직물 샘플들이 놓여 있었다.

Samsa war Handelsreisender, daher die Muster.

삼사는 순회 판매원이었기 때문에 샘플을 가지고 다녔던 것입니다.

Über den auseinandergenommenen Textilproben hing ein Bild.

분해된 직물 샘플 위에는 사진 한 장이 있었다.

Er hatte das Bild erst vor Kurzem aus einer Zeitschrift ausgeschnitten.

그는 최근에 잡지에서 그 사진을 오려냈다.

Er hatte das Bild in einen hübschen, vergoldeten Rahmen gefasst.

그는 그 그림을 예쁘고 금박을 입힌 액자에 넣어 두었다.

Das gerahmte Bild zeigte eine aufrecht sitzende Dame.

액자에 담긴 그림 속에는 똑바로 앉아 있는 여인의 모습이 그려져 있었다.

Sie trug eine Pelzmütze und hatte einen Pelzmuff.

그녀는 털모자를 쓰고 있었고, 털 목도리를 하고 있었다.

Sie hob ihre Hand in Richtung des Betrachters des Bildes.

그녀는 사진을 보는 사람을 향해 손을 들어 올리고 있었다.

Ihr ganzer Unterarm verschwand in ihrem schweren Pelzmuff.

그녀의 팔뚝 전체가 두꺼운 털 토시 속에 파묻혔다.

Gregor blickte aus dem Fenster auf das trübe Wetter.

그레고르는 창밖으로 흐린 날씨를 바라보았다.

Man konnte hören, wie schwere Regentropfen gegen das Fenster prasselten.

창문에 떨어지는 굵은 빗방울 소리가 들렸다.

Das graue Wetter stimmte ihn sehr melancholisch.

흐린 날씨 때문에 그는 몹시 우울해졌다.

„Wie wäre es, wenn ich noch ein bisschen länger schlafe?", dachte er.

"좀 더 자볼까?" 그는 생각했다.

"Mehr Schlaf könnte mir helfen, diesen Unsinn zu vergessen."

"잠을 더 자면 이 말도 안 되는 소리를 잊을 수 있을지도 몰라."

Länger zu schlafen war jedoch völlig unmöglich.

하지만 더 이상 자는 것은 도저히 불가능했다.

Weil er es gewohnt war, auf seiner rechten Seite zu schlafen.

그는 오른쪽으로 누워 자는 것에 익숙했기 때문입니다.

Sein aktueller Zustand schränkte jedoch seine üblichen Bewegungsfreiheiten ein.

하지만 그의 현재 상태로는 평소처럼 움직일 수 없었다.

Er hatte keine Möglichkeit, in diese Lage zu gelangen.

그는 이런 상황에 처할 만한 어떤 이유도 없었다.

Er versuchte sein Bestes, sich auf die rechte Seite zu werfen.

그는 최대한 오른쪽으로 몸을 돌리려고 애썼다.

Er hat diese Bewegung wahrscheinlich hundertmal versucht.

그는 아마 이 동작을 백 번도 넘게 시도했을 것이다.

Aber er kippte immer wieder in die Rückenlage zurück.

하지만 그는 항상 다시 누운 자세로 돌아갔다.

Er schloss die Augen, um seine unruhigen Beine nicht sehen zu müssen.

그는 꼼지락거리는 다리를 보지 않으려고 눈을 감았다.

Am Ende hinderten ihn seine Schmerzen daran, es noch einmal zu versuchen.

결국 그는 고통 때문에 다시 시도하는 것을 포기했다.

Ein dumpfer Schmerz in der Seite, den er noch nie zuvor gespürt hatte.

그는 전에 느껴본 적 없는 둔한 옆구리 통증을 느꼈다.

„Oh Gott", dachte Gregor Samsa verzweifelt bei sich.

"맙소사," 그레고르 삼사는 절망적으로 속으로 생각했다.

"Was für einen anstrengenden Beruf ich mir da doch ausgesucht habe!"

"내가 얼마나 힘든 직업을 선택했는지!"

„Ich muss beruflich Tag für Tag reisen."

"저는 매일같이 업무 때문에 여기저기 다녀야 해요."

„Büroarbeit ist viel einfacher als die Arbeit unterwegs."

"사무실 근무가 출장 근무보다 훨씬 편하다."

„Und ich habe den Fluch, ständig reisen zu müssen."

"그리고 저는 여기저기 여행을 다녀야 하는 저주에 걸렸어요."

„Die ganze Sorge, die Züge nicht rechtzeitig zu verpassen."

"기차 시간에 맞춰 가야 한다는 걱정이 너무 많아요."

„Meine Mahlzeiten sind unregelmäßig und das Essen ist schlecht."

"식사 시간이 불규칙적이고, 음식 맛도 없어요."

„Meine Freunde wechseln ständig, je nachdem, wo ich hinziehe."

"제 친구들은 항상 도시를 옮겨 다니며 살아요."

„Meine Interaktionen sind kühl und professionell."

"제가 겪는 상호작용은 차갑고 전문적입니다."

„Sollen sich doch die Teufel mit solchen Arbeiten vergnügen!"

"이런 일은 악마나 즐겁게 하도록 내버려 두자!"

Er verspürte ein leichtes Jucken im oberen Bereich seines Bauches.

그는 배 윗부분이 약간 가려운 것을 느꼈다.

Er stemmte sich mit dem Rücken gegen den Bettpfosten.

그는 등을 침대 기둥에 바짝 기대었다.

Er wollte seinen Kopf besser heben können.

그는 고개를 더 잘 들 수 있기를 바랐다.

Er fand die juckende Stelle, die ihn plagte.

그는 자신을 괴롭히던 가려운 부위를 발견했다.

Sein Kopf schien mit kleinen weißen Punkten bedeckt zu sein.

그의 머리는 마치 작은 흰 점들로 뒤덮인 것처럼 보였다.

Was diese kleinen weißen Punkte waren, konnte er nicht sagen.

저 작은 흰 점들이 무엇인지 그는 알 수 없었다.

Er hatte geplant, die Stelle mit einem seiner Beine zu berühren.

그는 다리 하나로 그 지점을 건드릴 계획이었다.

Doch als er die Stelle berührte, verspürte er ein seltsames Frösteln.

하지만 그가 그 부분을 만지자 이상한 한기가 느껴졌다.

Daraufhin zog er sein Bein sofort von der Stelle weg.

그래서 그는 즉시 그 자리에서 다리를 떼었다.

Ihm blieb nichts anderes übrig, als das Jucken zu ertragen.

그는 가려운 느낌을 받아들일 수밖에 없었다.

Und er kehrte in seine vorherige Position im Bett zurück.

그리고 그는 침대에서 이전 자세로 돌아갔다.

„Wer so früh aufwacht, wird echt ziemlich dumm.“

"이렇게 일찍 일어나면 정말 머리가 멍해져요."

„Ein Mann braucht genug Schlaf“, dachte er sich.

"사람은 충분한 잠을 자야 한다." 그는 속으로 생각했다.

„Die anderen Handelsreisenden leben in Luxus.“

"다른 순회 판매원들은 호화로운 생활을 누리고 있어요."

„Morgens übermittle ich die erhaltenen Bestellungen.“

"아침에 제가 받은 주문들을 이체합니다."

„Währenddessen frühstücken die Herren noch.“

"그나저나 저분들은 아직도 아침 식사를 하고 계시네요."

„Stellen Sie sich nur vor, ich würde das bei meinem Chef versuchen.“

"내가 상사한테 그런 짓을 했다고 생각해 봐."

„Er würde mich feuern, bevor ich mit dem Frühstück fertig bin.“

"그는 내가 아침 식사를 마치기도 전에 나를 해고하곤 했어요."

„Aber vielleicht wäre das auch nicht das Schlimmste.“

"하지만 어쩌면 그것도 최악의 상황은 아닐지도 몰라요."

„Das Problem ist, dass meine Eltern mich zurückhalten.“

"문제는 부모님이 제 발목을 잡고 있다는 거예요."

„Ohne sie hätte ich schon längst gekündigt.“

"그들이 아니었으면 저는 벌써 사임했을 겁니다."

„Ich hätte mich dem Chef entgegengestellt und es ihm gesagt.“

"나라면 상사에게 맞서서 말했을 거예요."

„Ich würde genau sagen, was ich von ihm und der Stelle halte.“

"저는 그와 그 일에 대해 제가 생각하는 바를 솔직하게 말할 것입니다."

„Er würde vom Schreibtisch fallen, wenn ich ihm alles erzählen würde!“

"내가 그에게 모든 걸 말하면 그는 책상에서 떨어질 거야!"

„Es ist sehr seltsam, wie er an seinem Schreibtisch sitzt.“

"그가 책상에 앉아 있는 모습이 참 이상하네요."

„Seine Art, mit seinen Untergebenen zu sprechen, ist nicht in Ordnung.“

"그가 부하 직원들에게 말하는 방식은 옳지 않다."

„Und das Schlimmste ist, dass sein Gehör so schlecht ist.“

"그리고 가장 안타까운 점은 그의 청력이 너무 나쁘다는
것입니다."
„Sie haben also keine andere Wahl, als ganz nah bei ihm zu
sitzen."
"그러니 당신은 그와 아주 가까이 앉을 수밖에 없군요."
„Aber trotz allem ist die Hoffnung noch nicht völlig
verloren."
"하지만 그렇다고 해서 희망이 완전히 사라진 것은 아닙니다."
„Ich werde das Geld sparen, um die Schulden meiner Eltern
zu begleichen."
"부모님의 빚을 갚기 위해 돈을 모을 거예요."
„Ich kann nichts tun, solange sie ihm noch Geld schulden."
"그들이 그에게 돈을 갚을 때까지는 제가 할 수 있는 일이
아무것도 없어요."
„Aber wenn die Schulden beglichen sind, werde ich es auf
jeden Fall tun."
"하지만 빚을 갚고 나면 반드시 그렇게 하겠습니다."
„Es wird wahrscheinlich noch fünf bis sechs Jahre dauern."
"아마 5년에서 6년은 더 걸릴 겁니다."
"Ja, dann wird die große Trennung definitiv erfolgen."
"네, 그렇다면 확실히 큰 차이가 생길 겁니다."
„Fürs Erste muss ich jedoch aufstehen."
"하지만 당분간은 침대에서 일어나야겠어요."
„Weil mein Zug um fünf Uhr abfährt."
"제 기차가 5시에 출발하거든요."
Gregor blickte auf den tickenden Wecker auf dem Tisch.
그레고르는 탁자 위에서 째깍거리는 알람시계를 바라보았다.
"Himmlischer Vater!", dachte er, als er die Uhrzeit sah.
그는 시간을 확인하고는 "하늘 아버지!"라고 생각했다.
Halb sieben war schon still und leise vergangen.
6시 30분은 이미 조용히 지나가 버렸다.

Und die Zeiger der Uhr bewegten sich immer weiter vorwärts.

그리고 시계 바늘은 계속해서 앞으로 나아갔다.

Es war nun fast Viertel vor sieben.

이제 시간은 7시 15분 전이 되어가고 있었다.

"Vielleicht hat der Wecker nicht geklingelt, um mich zu wecken?", dachte er.

"아마도 알람이 울리지 않아서 깨지 못한 걸지도 몰라." 그는 생각했다.

Von seinem Bett aus inspizierte Gregor den Wecker.

그레고르는 침대에서 알람시계를 살펴보았다.

Der Wecker war korrekt auf vier Uhr eingestellt.

알람시계는 4시에 정확히 맞춰져 있었다.

Er konnte es sich nicht erklären, aber der Alarm musste losgegangen sein.

그는 설명할 수 없었지만, 경보가 울렸던 것은 분명했다.

"Wie konnte ich den Wecker verschlafen, ohne es zu merken?"

"내가 어떻게 알람 소리를 못 듣고 잤지?"

Wenn der Alarm losgeht, wackeln sogar die Möbel.

경보기가 울리면 가구까지 흔들릴 정도다.

Er wusste, dass sein Schlaf alles andere als ruhig gewesen war.

그는 자신의 잠이 전혀 편안하지 않았다는 것을 알고 있었다.

Aber vielleicht war das der Grund, warum sein Schlaf so viel tiefer war.

하지만 어쩌면 그것이 그의 잠이 훨씬 더 깊었던 이유였을지도 모릅니다.

Er musste darüber nachdenken, was er nun tun sollte.

그는 이제 무엇을 해야 할지 생각해야 했다.

Der nächste Zug fuhr erst um sieben Uhr ab.

다음 기차는 7시에나 출발했다.

Diesen Zug zu erreichen, wäre nahezu unmöglich.

그 기차를 타는 건 거의 불가능할 거예요.

Und die benötigten Textilien hatte er noch nicht eingepackt.

그리고 그는 아직 필요한 직물을 챙기지 못했다.

Er fühlte sich auch nicht besonders frisch und agil.

그는 몸 상태가 특별히 개운하거나 민첩하다고 느끼지 못했다.

Vielleicht bestand die Möglichkeit, in den Zug einzusteigen.

어쩌면 기차에 탈 기회가 있을지도 몰라.

Doch ein Tadel vom Chef war so oder so unvermeidlich.

하지만 어떤 선택을 하든 상사에게 꾸중을 듣는 건 피할 수
없었다.

Der Angestellte wäre in den Fünf-Uhr-Zug eingestiegen.

점원은 5시 기차를 탔을 것이다.

Der Büroangestellte war ein willensschwaches Werkzeug
des Chefs.

그 사무직원은 사장에게 조종당하는 나약한 존재였다.

Gregors Abwesenheit wäre also bereits gemeldet worden.

그러므로 그레고르의 부재는 이미 보고되었을 것이다.

„Was wäre, wenn ich mich krankmelde?", überlegte Gregor.

"내가 병가를 내면 어떨까?" 그레고르는 생각에 잠겼다.

Das wäre aber äußerst peinlich und verdächtig.

하지만 그렇게 되면 굉장히 당황스럽고 의심스러울 겁니다.

Gregor war in der gesamten Zeit, die er dort arbeitete, nie
krank gewesen.

그레고르는 그곳에서 일하는 동안 한 번도 아픈 적이 없었다.

Und er hatte ihnen bereits fünf Jahre Dienst geleistet.

그리고 그는 이미 그들에게 5년의 복무 기간을 부여했다.

Die Chancen standen gut, dass der Chef vorbeikommen
würde, um nach ihm zu sehen.

사장님이 그를 확인하러 올 가능성이 높았다.

Er würde wahrscheinlich den Arzt der Krankenversicherung
mitbringen.

그는 아마 건강보험 담당 의사를 데려올 겁니다.

**Und er würde die Eltern für ihren faulen Sohn
verantwortlich machen.**

그리고 그는 게으른 아들을 부모 탓으로 돌릴 것이다.

Sie könnten gegen ihn keine Einwände erheben.

그들은 그에게 아무런 이의도 제기할 수 없을 것이다.

Denn für ihn gab es nur zwei Arten von Arbeitern.

그에게는 노동자의 종류가 두 종류밖에 없었기 때문이다.

Entweder waren die Arbeiter kerngesund oder arbeitsscheu.

노동자들은 완전히 건강하거나, 아니면 일하기 싫어하는

사람들뿐이었다.

**Und läge er mit dieser grundlegenden Analyse überhaupt
falsch?**

그렇다면 그의 그러한 기본적인 분석이 틀린 것일까요?

In diesem Fall hatte er sicherlich ein starkes Argument.

확실히, 이 경우에는 그의 주장이 타당했습니다.

**Trotz seines Aussehens fühlte sich Gregor tatsächlich recht
wohl.**

겉모습과는 달리 그레고르는 실제로 몸 상태가 꽤 좋았습니다.

Der unnötig lange Schlaf hatte ihn etwas schläfrig gemacht.

불필요하게 긴 잠을 잔 탓에 그는 약간 졸렸다.

**Abgesehen davon konnte er sich aber über keine Krankheit
beklagen.**

하지만 그 외에는 그는 병에 대해 불평할 거리가 없었다.

**Er verspürte sogar einen besonders starken und gesunden
Hunger.**

그는 심지어 특별히 강렬하고 건강한 허기를 느꼈다.

**Während er diesen Gedanken nachging, schlug die Uhr
erneut.**

그가 이런저런 생각을 하는 동안 시계는 다시 한번 시간을 알렸다.

Laut Alarm war es jetzt Viertel vor sieben.

알람에 따르면 지금은 7시 15분 전이었다.

Und nun klopfte es auch leise an der Tür.

그리고 그때 문을 두드리는 소리가 들렸다.

„Gregor", rief ihm jemand zu – es war die Mutter.

"그레고르," 누군가 그를 불렀다. 어머니였다.

„Es ist Viertel vor sieben", bestätigte sie den Alarm.

"7시 15분 전이에요." 그녀는 경보음을 확인시켜 주었다.

"Wolltest du nicht gehen?", fragte die sanfte Stimme.

"떠나고 싶지 않았나요?" 부드러운 목소리가 물었다.

Gregor erschrak, als er seine eigene Stimme antworten hörte.

그레고르는 그의 목소리가 대답하는 것을 듣고 겁에 질렸다.

Es war immer noch dieselbe Stimme, die er schon immer hatte.

그 목소리는 여전히 그가 늘 가지고 있던 목소리였다.

Doch nun mischte sich ein neuer Klang in seine Stimme.

하지만 이제 그의 목소리에는 새로운 음색이 섞여 있었다.

Tief aus seinem Inneren entfuhr ihm auch ein schmerzhafter Schrei.

그의 마음속 깊은 곳에서 고통스러운 비명이 터져 나왔다.

Zunächst schien seine Stimme die Worte klar zu formen.

처음에는 그의 목소리가 또렷하게 들리는 듯했다.

Doch dann hörte Gregor das Echo seiner Stimme in seinem Kopf.

하지만 그때 그레고르는 자신의 목소리가 마음속에서 메아리치는 것을 들었다.

Die Aufnahme seiner Stimme ist auf seltsame Weise zerbrochen.

그의 목소리 녹음이 이상하게 끊겼다.

Und er war sich nicht sicher, ob er richtig gehört hatte.

그는 자신이 제대로 들은 건지 확신하지 못했다.

Gregor verspürte den starken Wunsch, eine ausführliche Antwort zu geben.

그레고르는 자세한 답변을 해주고 싶은 강한 욕구를 느꼈다.

Er wollte seiner Mutter alles genau erklären.

그는 어머니께 모든 것을 명확하게 설명하고 싶었다.

Doch angesichts der Umstände musste er sich einschränken.

하지만 상황을 고려했을 때, 그는 스스로를 자제해야 했다.

Und er antwortete viel kürzer, als er es gern getan hätte.

그리고 그는 자신이 원했던 것보다 훨씬 짧게 대답했습니다.

"Ja, Mutter, keine Sorge, danke, ich bin schon wach."

"네, 어머니, 걱정 마세요, 감사합니다. 벌써 일어났어요."

Die Holztür trug vermutlich dazu bei, seine Stimme zu dämpfen.

나무 문이 그의 목소리를 줄이는 데 도움이 되었을 것이다.

Draußen blieb die Veränderung in Gregors Stimme unbemerkt.

밖에서는 그레고르의 목소리 변화를 아무도 알아채지 못했다.

Die Mutter schien mit seiner Erklärung zufrieden zu sein.

어머니는 그의 설명에 만족한 듯 보였다.

Und sie ging genauso leise wieder, wie sie gekommen war.

그리고 그녀는 왔던 것처럼 조용히 다시 떠났다.

Doch das kurze Gespräch hatte eine unerwünschte Folge.

하지만 그 짧은 대화는 원치 않는 결과를 낳았습니다.

Er erregte die Aufmerksamkeit der anderen Familienmitglieder.

그는 다른 가족 구성원들의 관심을 끌었다.

Gregor war noch zu Hause und nicht zur Arbeit gegangen.

그레고르는 아직 집에 있었고 출근하지 않았다.

Und nun klopfte auch der Vater an die Seitentür.

그러자 아버지도 옆문을 두드렸다.

Er klopfte schwach, aber entschlossen mit der Faust.

그는 약하지만 단호한 표정으로 주먹을 쾅쾅 두드렸다.

„Gregor, Gregor", rief er, „was ist das Problem?"

"그레고르, 그레고르," 그가 불렀다. "무슨 문제야?"

Nach einer Weile warnte er erneut, diesmal mit tieferer Stimme.

잠시 후 그는 더 낮은 목소리로 다시 경고했다.

Doch nun klopfte die Schwester an die andere Tür.

그런데 반대편 문에서 여동생이 노크를 했다.

"Gregor? Geht es dir nicht gut?", fragte sie leise.

"그레고르? 몸이 안 좋으세요?" 그녀가 조용히 물었다.

„Brauchen Sie irgendetwas?", fragte sie besorgt.

"필요한 거 있으세요?" 그녀는 걱정스러운 표정으로 물었다.

Gregor antwortete beiden Seiten: „Ich bin schon fertig."

그레고르는 양쪽 모두에게 "나는 이미 끝났습니다."라고 대답했다.

Er hatte sich größte Mühe gegeben, alle Wörter sorgfältig auszusprechen.

그는 모든 단어를 신중하게 발음하려고 최선을 다했다.

Und er entfernte alles Auffällige aus seiner Stimme.

그리고 그는 목소리에서 눈에 띄는 모든 것을 없앴다.

Auch der Vater schien mit der Antwort zufrieden zu sein.

아버지도 그 대답에 만족하는 듯 보였다.

Und er kehrte zu seinem unvollendeten Frühstück zurück.

그리고 그는 먹다 만 아침 식사를 다시 시작했다.

Doch die Schwester flüsterte: „Gregor, mach auf, ich flehe dich an."

하지만 여동생은 "그레고르, 제발 문 좀 열어줘."라고 속삭였다.

Doch ihre Sorge um ihn konnte ihn in keiner Weise bewegen.

하지만 그녀의 걱정은 그에게 아무런 감흥도 주지 못했다.

Gregor hatte nicht die Absicht, ihr die Tür zu öffnen.

그레고르는 그녀를 위해 문을 열어줄 생각이 전혀 없었다.

Durch seine Reisen hatte er sich einige vorsichtige Gewohnheiten angeeignet.

그는 여행을 통해 조심스러운 습관들을 몇 가지 갖게 되었다.

Und er lobte sich selbst dafür, die Türen abgeschlossen zu haben.

그리고 그는 문을 잠근 것을 스스로 칭찬했다.

Zunächst wollte er in Ruhe und in seinem eigenen Tempo aufstehen.

우선 그는 조용히 자기 시간에 일어나고 싶어 했다.

Und er wollte sich ungestört anziehen.

그리고 그는 방해받지 않고 옷을 입고 싶어 했다.

Nachdem er das geschafft hatte, wollte er frühstücken.

그 목표를 달성한 후, 그는 아침 식사를 하고 싶어했습니다.

Erst dann wollte er die Situation weiter überdenken.

그러고 나서야 그는 상황을 좀 더 고려해 보고 싶어 했다.

Er wusste, dass es sinnlos war, im Bett Pläne zu schmieden.

그는 침대에서 계획을 세워봤자 소용없다는 것을 알고 있었다.

Zu einem vernünftigen Schluss zu gelangen, wäre unmöglich.

합리적인 결론에 도달하는 것은 불가능할 것이다.

Es gab schon andere Male, da war er mit leichten Schmerzen aufgewacht.

그는 이전에도 약간의 통증을 느끼며 잠에서 깬 적이 있었다.

Diese Schmerzen erwiesen sich stets als reine Einbildung.

이러한 고통은 언제나 순전히 상상에 불과했던 것으로

밝혀졌습니다.

Beim Aufstehen verschwanden die Schmerzen ausnahmslos.

침대에서 일어나면 통증이 어김없이 사라졌다.

Er war neugierig, was mit diesen Ideen geschehen würde.

그는 이러한 아이디어들이 어떻게 될지 궁금했다.

Die Veränderung seiner Stimme war wahrscheinlich nur auf eine Erkältung zurückzuführen.

목소리가 변한 건 아마 감기 때문이었을 거야.

Erkältungen sind für Reisende einfach ein Berufsrisiko.

감기는 여행자에게 흔히 발생하는 직업병일 뿐입니다.

Er hatte keinen Zweifel daran, dass dies die logische Erklärung war.

그는 그것이 논리적인 설명이라는 데 의심의 여지가 없었다.

Es gelang ihm mühelos, die Decke von sich zu streifen.

그는 쉽게 담요를 벗어낼 수 있었다.

Er musste nur einatmen und sich aufblasen.

그가 해야 할 일은 숨을 들이쉬고 몸을 부풀리는 것뿐이었다.

Die Decke rutschte von seinem Körper und landete auf dem Boden.

담요가 그의 몸에서 미끄러져 바닥으로 떨어졌다.

Sein unglaublich breiter Körperbau erschwerte auch andere Dinge.

그의 엄청나게 큰 몸집은 다른 여러 가지 어려움을 야기했다.

Er hätte Arme und Hände gebraucht, um aufzustehen.

그가 일어서려면 팔과 손이 필요했을 것이다.

Aber er hatte nicht mehr die Gliedmaßen, die er früher gehabt hatte.

하지만 그는 예전처럼 팔다리가 멀쩡하지 않았다.

Anstelle von Armen und Händen hatte er viele kleine Beine.

그는 팔과 손 대신 수많은 작은 다리를 가지고 있었다.

Und seine Beine bewegten sich ständig, ohne dass er es kontrollieren konnte.

그리고 그의 다리는 그의 의지와 상관없이 끊임없이 움직였다.

Er versuchte, ein Bein zu beugen, aber stattdessen streckte es sich.

그는 한쪽 다리를 구부리려고 했지만, 오히려 다리가 쭉 펴졌다.

Schließlich gelang es ihm, ein Bein unter seine Kontrolle zu bringen.

그는 마침내 한쪽 다리를 제어하는 데 성공했다.

Doch dann wurde die Bewegung der anderen Beine freigegeben.

하지만 그때 나머지 다리의 움직임이 자유로워졌습니다.

Und seine Beine zuckten vor lauter Aufregung.

그리고 그는 극도로 흥분하여 온몸의 다리가 움찔거렸다.

Zuerst wollte er seinen Unterkörper aus dem Bett bekommen.

그는 먼저 하반신을 침대에서 꺼내고 싶어했다.

Seinen Unterkörper hatte er aber noch nicht gesehen.

하지만 그는 아직 자신의 하반신을 제대로 보지 못했다.

Und es erwies sich ohnehin als zu schwierig, diesen Teil zu versetzen.

게다가 이 부분을 옮기는 건 어쨌든 너무 어려웠습니다.

Schließlich wagte er mit all seiner Kraft einen waghalsigen Schritt.

마침내 그는 온 힘을 다해 무모한 움직임을 보였다.

Ohne weiter zu zögern, trat er vorwärts.

그는 더 이상 망설이지 않고 앞으로 나섰다.

Doch er hatte die falsche Richtung eingeschlagen.

하지만 그는 잘못된 방향을 선택했다.

Er schlug mit voller Wucht mit dem Körper gegen den unteren Bettpfosten.

그는 침대 기둥 아래쪽에 몸을 violently하게 부딪쳤다.

Der brennende Schmerz, den er empfand, lehrte ihn eine wertvolle Lektion.

그가 느낀 극심한 고통은 그에게 값진 교훈을 가르쳐주었다.

Sein Unterkörper war vielleicht empfindlicher.

그의 하반신이 더 민감했을지도 모른다.

Also versuchte er zuerst, seinen Oberkörper aus dem Bett zu bekommen.

그래서 그는 먼저 상체를 침대에서 꺼내려고 했다.

Er drehte seinen Kopf vorsichtig in die richtige Richtung.

그는 조심스럽게 고개를 올바른 방향으로 돌렸다.

Und schon bald lag sein Kopf am Bettrand.

곧 그의 머리는 침대 가장자리를 향하게 되었다.

Diese vorsichtige Vorgehensweise fiel ihm tatsächlich leicht.

그에게 있어 이러한 신중한 움직임은 사실 쉬운 일이었다.

Und weder seine Breite noch sein Gewicht hinderten ihn an seinen Bewegungen.

그의 덩치와 몸무게는 그의 움직임을 막지 못했습니다.

Die Masse seines Körpers folgte langsam der Drehung des Kopfes.

그의 몸무게는 머리가 돌아가는 것을 천천히 따라갔다.

Doch dann streckte er den Kopf über die Bettkante.

그런데 그는 갑자기 침대 가장자리에 머리를 걸쳤다.

Und er sah sich einer neuen Angst gegenüber, über die er noch nicht nachgedacht hatte.

그리고 그는 지금까지 생각해 본 적 없는 새로운 두려움에

직면하게 되었다.

Ein weiteres Vorgehen in dieser Richtung könnte gefährlich sein.

이런 식으로 더 나아가는 것은 위험할 수 있습니다.

Er hatte gedacht, er würde sich einfach fallen lassen.

그는 그냥 스스로 무너져 내리도록 내버려 둘 생각이었다고 했다.

Es wäre aber ein Wunder, wenn er sich dabei nicht am Kopf verletzen würde.

하지만 그가 머리를 다치지 않는다면 기적일 것이다.

Jetzt war nicht der richtige Zeitpunkt, um ein Bewusstseinsverlustrisiko einzugehen.

지금은 의식을 잃을 위험을 감수할 때가 아니었다.

Vielleicht wäre es doch besser, im Bett zu bleiben.

어쩌면 그냥 침대에 누워 있는 게 나을지도 모르겠다.

Doch dann musste er denselben Aufwand betreiben, um zurückzukehren.

하지만 그는 돌아오기 위해서도 똑같은 노력을 기울여야 했다.

Nach all der Mühe lag er da, genau wie zuvor.

그 모든 노력에도 불구하고 그는 이전과 마찬가지로 그 자리에 누워 있었다.

Und nun schienen seine Beine noch wütender zu sein als zuvor.

그리고 이제 그의 다리는 이전보다 훨씬 더 화가 난 것처럼 보였다.

Die Bewegungen seiner Beine waren noch unkontrollierbarer geworden.

그의 다리 움직임은 더욱 제어할 수 없게 되었다.

Er sah keinen Ausweg aus seiner Situation.

그는 자신이 처한 상황에서 벗어날 방법이 없다고 생각했다.

Aus diesem Chaos konnte kein Frieden und keine Ordnung hergestellt werden.

이러한 혼돈 속에서 평화와 질서를 이끌어낼 수는 없었다.

Aber er wusste, dass auch im Bett zu bleiben keine Option war.

하지만 그는 침대에 계속 누워 있는 것도 선택지가 아니라는 것을 알고 있었다.

Alles zu opfern war die vernünftigste Option.

모든 것을 희생하는 것이 가장 현명한 선택이었다.

Er klammerte sich an den kleinsten Hoffnungsschimmer, jemals wieder aufstehen zu können.

그는 침대에서 일어날 수 있을지도 모른다는 아주 작은 희망이라도 놓지 않았다.

Wenn ihm das gelingt, hat sich das ganze Risiko gelohnt.

그가 이것을 해낸다면, 모든 위험은 감수할 만한 가치가 있었을 것이다.

Doch gleichzeitig erinnerte er sich auch an etwas anderes.

하지만 그는 동시에 다른 무언가도 기억해냈다.

„Besser als verzweifelte Entscheidungen sind ruhige Überlegungen."

"절박한 결정보다는 차분한 숙고가 낫다."
Mit aller Kraft konzentrierte er seinen Blick auf das Fenster.
그는 온 힘을 다해 창문에 시선을 집중했다.
Doch was er sah, stimmte ihn wenig zuversichtlich und erfreute ihn nicht.
하지만 그가 목격한 것은 별다른 희망이나 기쁨을 주지 못했다.
Der Morgennebel hüllte die gesamte enge Straße ein.
아침 안개가 좁은 거리 전체를 뒤덮었다.
Der Wecker klingelte erneut; es war nun sieben Uhr.
알람시계가 다시 울렸다. 이제 7시였다.
„Es ist bereits sieben Uhr und es ist immer noch so neblig.“
"벌써 7시인데 아직도 안개가 너무 심하네요."
Eine Zeitlang lag er still da und atmete nur schwach.
그는 한동안 조용히 누워 희미하게 숨을 쉬었다.
Vielleicht würde etwas Ruhe eine gewisse Normalität herbeiführen.
어쩌면 약간의 고요함이 상황을 정상으로 되돌려 놓을지도 모릅니다.
Völliges Schweigen könnte die wahren Zustände herbeiführen.
완전한 침묵이야말로 진정한 상황을 만들어낼 수 있다.
Doch bevor die Uhr erneut schlug, durchbrach er das Schweigen.
하지만 시계가 다시 울리기 전에 그는 침묵을 깼다.
Bevor die Uhr wieder schlägt, muss ich aus dem Bett sein.
"시계가 다시 울리기 전에 침대에서 일어나야 해."
„Ich muss bis dahin unbedingt komplett aus dem Bett sein.“
"그때까지는 반드시 완전히 침대에서 일어나 있어야 해요."
„Nach Viertel nach sieben schickt das Büro jemanden.“
"7시 15분 이후에는 사무실에서 누군가를 보낼 것입니다."
„Weil das Büro vor sieben Uhr öffnete.“

"사무실이 7시 전에 문을 열었기 때문입니다."

Und nun begann er, seinen Körper aus dem Bett zu schaukeln.

그러자 그는 몸을 흔들며 침대에서 일어나기 시작했다.

Er hatte aufgehört, sich auf seinen Ober- oder Unterkörper zu konzentrieren.

그는 상체나 하체 중 어느 한쪽에 집중하는 것을 포기했다.

Sein ganzer Körper musste aus dem Bett herausragen.

그는 몸 전체를 침대에서 빼내야 했다.

Bei einem Sturz in diese Richtung sollte sein Kopf geschützt sein, dachte er.

이렇게 떨어지면 머리는 보호될 거라고 그는 생각했다.

Er hatte geplant, den Kopf zu heben, sobald er auf dem Boden aufschlug.

그는 땅에 떨어질 때 고개를 들 계획이었다.

Sein Rücken schien hart genug für den Aufprall zu sein.

그의 뒷몸은 충격을 견딜 만큼 단단해 보였다.

Und der Teppich diente dazu, die Landung abzufedern.

그리고 카펫은 착지 충격을 완화하기 위해 깔려 있었습니다.

Seine größte Sorge galt jedoch dem Lärm.

하지만 그의 가장 큰 걱정거리는 시끄러운 소음이었다.

Das krachende Geräusch würde alle im Haus erschrecken.

굉음은 집 안에 있는 모든 사람을 놀라게 할 것이다.

Vielleicht hätten sie keine Angst vor dem lauten Lärm.

어쩌면 그들은 시끄러운 소음을 두려워하지 않을지도 모릅니다.

Aber sie wären mit Sicherheit besorgt, wenn sie davon hörten.

하지만 그들이 이 소식을 듣게 된다면 분명 걱정할 것이다.

Man musste aber das Risiko eingehen, Aufmerksamkeit zu erregen.

하지만 관심을 끌 위험을 감수해야 했다.

Die neue Methode war eher ein Spiel als eine Anstrengung.

새로운 방식은 노력이라기보다는 게임에 가까웠다.

Er musste seinen Körper in plötzlichen und ruckartigen Bewegungen hin und her wiegen.

그는 갑작스럽고 jerky한 움직임으로 몸을 흔들어야 했다.

Gregor war schon halb aus dem Bett aufgestanden.

그레고르는 이미 침대에서 반쯤 내려와 있었다.

Nun kam ihm gerade ein neuer Gedanke.

그때 문득 새로운 생각이 떠올랐다.

„Es wäre alles so einfach, wenn mir jemand zu Hilfe käme."

"누군가 나를 도와준다면 모든 게 아주 쉬울 텐데."

„Zwei kräftige Personen würden völlig ausreichen."

"두 명의 건장한 사람이면 충분할 겁니다."

Sein Vater und das Dienstmädchen wären stark genug.

그의 아버지와 하녀는 충분히 강할 것이다.

Sie müssten nur ihre Arme unter seinen Rücken schieben.

그들은 그의 등 아래로 팔을 집어넣기만 하면 될 것이다.

Und dann könnten sie ihn ganz leicht aus dem Bett ziehen.

그러면 그들은 그를 침대에서 쉽게 끌어낼 수 있을 것이다.

Vielleicht hätten sie sein Gewicht langsam reduzieren müssen.

아마도 그들은 그의 체중을 서서히 줄여야 했을 것입니다.

Hoffentlich hätten die Beine dann ihren Zweck gefunden.

그러면 다리가 제 역할을 찾았기를 바랍니다.

Wäre es nicht letztendlich besser, um Hilfe zu rufen?

"도움을 요청하는 게 더 낫지 않을까요?"

Das Problem war natürlich, dass er die Türen abgeschlossen hatte.

물론 문제는 그가 문을 잠갔다는 것이었다.

Irgendwie hatte der Gedanke etwas, das ihn amüsierte.

그 생각에는 왠지 모르게 그의 흥미를 자극하는 부분이 있었다.

Und trotz seiner Notlage konnte er sich ein Lächeln nicht verkneifen.

그는 어려운 상황 속에서도 미소를 참을 수 없었다.

Er war schon kurz davor, das Gleichgewicht zu verlieren.

그는 이미 균형을 잃을 뻔했다.

Mit jedem Schwung kam er dem Umkippen vom Bett näher.

그네를 탈 때마다 그는 침대에서 떨어질 위험에 점점 더

가까워졌다.

Bald musste er die endgültige Entscheidung treffen.

곧 그는 최종 결정을 내려야 할 순간이 왔다.

In fünf Minuten würde es Viertel nach sieben sein.

5분 후면 7시 15분이 될 예정이었다.

Während er diesen Gedanken nachging, klingelte es an der Tür.

그가 이런 생각에 잠겨 있는 동안, 벨이 울렸다.

„Das ist jemand aus dem Büro", sagte er zu sich selbst.

"저 사람은 회사 동료잖아." 그는 속으로 생각했다.

Und er erstarrte fast vor Angst angesichts des Besuchers.

그는 그 방문객 때문에 두려움에 얼어붙을 뻔했다.

Seine Beine tanzten noch wilder als zuvor.

그의 다리는 이전보다 훨씬 더 격렬하게 움직였다.

Doch dann herrschte einen Moment lang Stille.

하지만 그 순간, 모든 것이 고요해졌다.

„Sie werden die Tür nicht öffnen", sagte Gregor zu sich selbst.

"그들은 문을 열어주지 않을 거야." 그레고르는 혼잣말을 했다.

Er war noch immer einer sinnlosen Hoffnung verfallen.

그는 여전히 헛된 희망에 사로잡혀 있었다.

Doch dann ging das Dienstmädchen natürlich zur Tür.

그런데 그때, 당연히 하녀가 문으로 걸어갔습니다.

Und wie immer öffnete sie dem Besucher die Tür.

그리고 늘 그랬듯이, 그녀는 방문객에게 문을 열어주었다.

Gregor brauchte nur die erste Begrüßung des Besuchers zu hören.

그레고르는 방문객의 첫 인사말만 들어도 충분했다.

Er konnte sofort erkennen, wer ihn gesucht hatte.

그는 누가 자신을 찾아왔는지 바로 알아챌 수 있었다.

Der Hauptschreiber selbst war gekommen, um nach Samsa zu sehen.

수석 서기가 직접 삼사의 상태를 확인하러 온 것이었다.

Warum war Gregor der Einzige, der zu diesem Schicksal verurteilt wurde?

어째서 그레고르만이 이런 운명에 처하게 된 걸까?

Warum musste ausgerechnet er in einer solchen Organisation dienen?

어째서 그만이 그런 조직에서 복무해야 했는가?

Das geringste Versehen weckte sofort Misstrauen.

아주 사소한 실수라도 즉시 의심을 불러일으켰다.

Waren alle Angestellten, die dort arbeiteten, Schurken?

거기 직원들은 모두 악당들이었나요?

Gab es denn keinen treuen und ergebenen Menschen unter ihnen?

그들 중에 신실하고 헌신적인 사람은 단 한 명도 없었단 말인가?

Hätten sie nicht einfach einen Lehrling schicken können?

견습생 한 명을 보내면 되지 않았을까요?

War diese ganze Infragestellung überhaupt notwendig?

이 모든 질문이 정말 필요했던 걸까요?

Musste der Bevollmächtigte persönlich erscheinen?

대리인이 직접 와야 했나요?

Musste wirklich die gesamte unschuldige Familie informiert werden?

아무 죄 없는 가족 모두에게 이 사실을 알려야 했나요?

All diese Überlegungen veranlassten Gregor zum Handeln.

이러한 모든 고려 사항들이 그레고르를 행동으로 이끌었습니다.

Er schwang sich mit aller Kraft aus dem Bett.

그는 온 힘을 다해 침대에서 벌떡 일어났다.

Es gab einen lauten Knall, aber es war eigentlich kein richtiges Geräusch.

큰 폭발음이 들렸지만, 그것은 사실 소음이 아니었다.

Der Fall wurde durch den Teppich etwas abgemildert.

카펫 덕분에 낙하 충격이 약간 완화되었다.

Sein Rücken war elastischer, als Gregor angenommen hatte.

그의 등은 그레고르가 생각했던 것보다 훨씬 더 탄력적이었다.

Der Klang war also dumpfer und nicht so auffällig.

그래서 소리가 더 둔탁해졌고, 그다지 눈에 띄지 않았습니다.

Doch er hatte seinen Kopf während des Sturzes nicht geschützt.

하지만 그는 추락하는 동안 머리 관리를 제대로 하지 않았다.

Und als er auf den Boden aufschlug, schlug er auch mit dem Kopf auf.

그리고 그가 땅에 떨어지면서 머리도 부딪혔습니다.

Er rieb sich vor Wut und Schmerz den Kopf am Teppich.

그는 분노와 고통에 휩싸여 카펫에 머리를 문질렀다.

Der Manager im Nachbarzimmer hörte jedoch den Lärm.

하지만 바로 옆방의 매니저가 그 소음을 들었습니다.

„Da ist etwas hineingefallen", stellte er richtig fest.

"뭔가 안에 떨어졌네요." 그는 정확하게 지적했다.

Gregor versuchte, sich den Manager in seine Lage zu versetzen.

그레고르는 감독이 자신의 입장에 처했을 때를 상상해 보려고 애썼다.

„Könnte ihm dasselbe passieren?", fragte er sich.

"그에게도 똑같은 일이 일어날 수 있을까?" 그는 생각했다.

Er akzeptierte, dass dieses seltsame Ereignis möglich sein könnte.

그는 이러한 이상한 일이 일어날 가능성을 인정했다.

Und dann ging der Hauptsekretär ein paar Schritte in den Raum.

그러자 수석 서기가 방으로 몇 걸음 다가갔다.

Es war fast schon eine plumpe Antwort auf seine Frage.

그것은 그가 던진 질문에 대한 다소 조잡한 대답이었다.

Seine Lederstiefel knarrten, als er sich der Tür näherte.

그가 문으로 다가갈 때 가죽 부츠에서 삐걱거리는 소리가 났다.

Aus dem Zimmer zu seiner Rechten flüsterte ihm seine Magd zu.

오른쪽 방에서 하녀가 그에게 속삭였다.

„Gregor, der Bevollmächtigte, ist hier."

"공식 대리인인 그레고르가 여기 있습니다."

„Ich weiß", sagte Gregor, aber nur leise zu sich selbst.

"알아요." 그레고르는 나지막이 혼잣말처럼 말했다.

Er wagte es nicht, seine Stimme lauter als ein Flüstern zu erheben.

그는 감히 속삭이는 소리 이상으로 목소리를 높일 엄두를 내지 못했다.

Weil Gregor nicht wollte, dass seine Schwester ihn hörte.

그레고르는 여동생이 자신의 말을 듣는 것을 원치 않았기 때문이다.

„Gregor", sagte der Vater aus dem Zimmer links.

"그레고르," 왼쪽 방에 있던 아버지가 말했다.

Der Manager ist gekommen, um nach dem Rechten zu sehen.

"매니저가 무슨 문제인지 확인하러 왔습니다."

„Er fragte, warum du nicht den frühen Zug genommen hast."

"그는 왜 일찍 오는 기차를 타지 않았냐고 물었어요."

„Wir wissen nicht, was wir ihm sagen sollen", sagte der Vater.

"우리는 그에게 뭐라고 말해야 할지 모르겠어요." 아버지가
말했다.

„Übrigens möchte er auch persönlich mit Ihnen sprechen.“
"참고로, 그분도 당신과 개인적으로 이야기하고 싶어 하십니다."

„Bitte öffnen Sie die Tür, damit er mit Ihnen sprechen
kann.“
"문을 열어주세요. 그분이 당신과 이야기할 수 있도록."

„Er wird so freundlich sein, das Chaos im Zimmer zu
entschuldigen.“
"그는 방이 어질러져 있는 것을 너그럽게 이해해 줄 겁니다."

"Guten Morgen, Herr Samsa", rief ihm der Manager zu.
"좋은 아침입니다, 삼사 씨." 매니저가 그를 불렀다.

Und er sprach ganz gewiss in freundlicher Weise mit ihm.
그리고 그는 분명히 그에게 우호적인 어조로 이야기했습니다.

„Es geht ihm nicht gut“, sagte die Mutter zum Manager.
"아이가 몸이 안 좋아요." 어머니가 매니저에게 말했다.

„Es geht ihm überhaupt nicht gut, glauben Sie mir, lieber
Manager.“
"그는 전혀 괜찮지 않아요, 매니저님. 제 말을 믿어주세요."

"Warum sonst sollte Gregor den Morgenzug verpassen?"
"그렇지 않고서야 그레고르가 아침 기차를 놓쳤을 리가
있겠어요?"

„Der Junge hat nichts anderes im Kopf als das Geschäft.“
"그 아이는 사업 생각밖에 안 하고 있어요."

„Es ärgert mich fast, dass er nichts anderes tut.“
"그가 다른 일은 전혀 하지 않는다는 게 거의 짜증 나네요."

„Ich wünschte, er würde abends an die frische Luft gehen.“
"그가 저녁에 신선한 공기를 쐬러 나갔으면 좋겠어요."

„Er war acht Tage geschäftlich in der Stadt.“
"그는 업무차 8일 동안 도시에 머물렀습니다."

„Aber er war ja jeden dieser Abende zu Hause.“

"하지만 그는 그 저녁마다 집에 있었어요."

„Er sitzt an unserem Tisch und liest die Zeitung.“

"그는 우리 테이블에 앉아서 신문을 읽어요."

„Manchmal studiert er auch die Fahrpläne der Züge.“

"다른 때에는 그는 기차 시간표를 공부합니다."

„Manchmal beschäftigt er sich mit Tischlerarbeiten.“

"그는 가끔 목공일을 하면서 시간을 보내기도 합니다."

„Zum Beispiel schnitzte er einen kleinen Bilderrahmen aus Holz.“

"예를 들어, 그는 작은 나무 액자를 조각했습니다."

„An zwei oder drei Abenden war er mit der Säge beschäftigt.“

"그는 이틀이나 사흘 저녁 동안 톱질에 열중했다."

„Sie werden staunen, wie hübsch der Bilderrahmen ist.“

"액자가 얼마나 예쁜지 보시면 깜짝 놀라실 거예요."

„Er hat den Bilderrahmen in seinem Zimmer aufgehängt.“

"그는 액자를 자기 방에 걸어 놓았습니다."

„Wenn er die Tür öffnet, werden Sie seine Holzarbeiten sehen.“

"그가 문을 열면 그의 목공예 솜씨를 볼 수 있을 겁니다."

„Übrigens freut es mich, dass Sie hier sind, Herr Prokurist.“

"그런데, 프로쿠리스트 씨, 와주셔서 정말 기쁩니다."

„Wir allein hätten Gregor nicht dazu bringen können, die Tür zu öffnen.“

"우리 혼자서는 그레고르가 문을 열도록 할 수 없었을 겁니다."

„Er ist so stur“, gestand seine Mutter dem Angestellten.

"아이가 너무 고집이 세요." 어머니가 점원에게 털어놓았다.

„Er ist ganz sicher krank, obwohl er das vorher bestritten hat.“

"그는 전에는 부인했지만, 분명히 몸이 좋지 않다."

„Ich komme gleich“, sagte Gregor langsam und bedächtig.

"금방 갈게요." 그레고르는 천천히 조심스럽게 말했다.

Doch er machte keine Anstalten, sich der Tür des Zimmers zuzuwenden.

하지만 그는 방 문 쪽으로 아무런 움직임도 보이지 않았다.

Er wollte kein Wort des Gesprächs verpassen.

그는 대화의 한 마디도 놓치고 싶지 않았다.

Der Hauptsekretär stimmte der Einschätzung der Mutter zu.

수석 서기는 어머니의 평가에 동의했다.

"Ich kann es Ihnen auch nicht anders erklären, Madam."

"저도 달리 설명드릴 방법이 없네요, 부인."

„Hoffen wir alle, dass er keine schwere Krankheit hat", sagte er.

"그가 심각한 병에 걸리지 않았기를 모두 함께 바라봅시다."라고 그는 말했다.

„Andererseits stellt es eine Gefahr in unserer Branche dar."

"반면에, 그것은 우리 업계의 위험 요소입니다."

„Wir Geschäftsleute müssen oft Unannehmlichkeiten überwinden."

"우리 사업가들은 종종 불편함을 극복해야 합니다."

„Profis müssen leichte Schmerzen einfach aushalten."

"전문가라면 사소한 고통은 감수해야 한다."

Währenddessen klopfte sein Vater erneut an die andere Tür.

그러는 동안 그의 아버지는 다시 다른 문을 두드렸다.

„Kann der Hauptsekretär jetzt hereinkommen?", wollte er wissen.

"수석 서기님 지금 들어오실 수 있나요?" 그가 물었다.

"Nein, das kann er nicht", antwortete Gregor auf die Frage seines Vaters.

"아니요, 그럴 수 없어요." 그레고르는 아버지의 질문에 이렇게 대답했다.

Im Raum links von uns herrschte betretenes Schweigen.

왼쪽 방에는 어색한 침묵이 흘렀다.

Im Zimmer rechts begann die Schwester zu schluchzen.

오른쪽 방에서 여동생이 흐느껴 울기 시작했다.

Warum war die Schwester nicht zu den anderen gegangen?

왜 여동생은 다른 사람들과 함께 가지 않았을까?

Sie war wahrscheinlich gerade erst aufgestanden, dachte er.

그녀는 아마 방금 침대에서 일어났을 거라고 그는 생각했다.

Vielleicht hatte sie noch gar nicht angefangen, sich anzuziehen.

그녀는 아직 옷을 입기 시작도 안 했을지도 몰라.

Gregor aber verstand nicht, warum sie weinte.

하지만 그레고르는 그녀가 왜 우는지 이해할 수 없었다.

Lag es daran, dass er nicht aufgestanden war und den Manager hereingelassen hatte?

그가 일어나서 매니저를 들여보내지 않았기 때문인가요?

Lag es daran, dass er Gefahr lief, seinen Job zu verlieren?

그가 직장을 잃을 위험에 처했기 때문이었나요?

Könnte der Chef wie früher gegen die Eltern vorgehen?

사장님이 예전처럼 부모님을 괴롭힐까요?

Würde er seine alten Forderungen an sie wiederholen?

그는 예전처럼 그들에게 똑같은 요구를 하려는 걸까?

Diese Dinge waren wahrscheinlich unnötig.

이런 것들은 아마 걱정할 필요가 없었을 거예요.

Im Moment hatte sie keinen Grund zu weinen.

당분간 그녀가 울 이유는 없었다.

Gregor war noch da und sorgte für seine Familie.

그레고르는 여전히 이곳에 남아 가족을 부양하고 있었다.

Und er hatte nie die Absicht, die Familie zu verlassen.

그는 가족을 떠날 생각이 전혀 없었다.

Im Moment lag er einfach nur da auf dem Teppich.

그는 당분간 카펫 위에 그냥 누워 있었다.

Die Familie wusste nichts von seinem Zustand.

가족들은 그의 상태를 알지 못했다.

Hätten sie das gewusst, hätten sie seinen Chef nicht ermutigt.

그들이 알았더라면 그의 상사를 부추기지 않았을 것이다.

Sie hätten nicht einmal den Manager ins Haus gelassen.

그들은 매니저조차 집에 들어오지 못하게 했을 거예요.

Ihn abzuweisen wäre nicht besonders unhöflich gewesen.

그를 돌려보내는 것이 특별히 무례한 행동은 아니었을 것이다.

Er hätte später problemlos eine passende Ausrede finden können.

그는 나중에 얼마든지 적절한 변명을 찾을 수 있었을 것이다.

Dafür hätte er nicht entlassen werden können.

그건 그가 해고될 만한 사유가 아니었다.

Gregor war der Ansicht, dass es jetzt vernünftiger wäre, allein gelassen zu werden.

그레고르는 이제 혼자 있는 게 더 현명할 거라고 생각했다.

Ihn durch Weinen und Reden zu stören, brachte wenig.

울고 떠들어대는 건 별 소용이 없었다.

Doch die anderen beunruhigte die Ungewissheit.

하지만 다른 사람들을 괴롭힌 것은 바로 불확실성이었다.

Und genau diese Unsicherheit entschuldigte ihr Verhalten.

그리고 바로 이러한 불확실성이 그들의 행동을 정당화시켜 주었다.

„Herr Samsa!", rief der Manager mit erhobener Stimme.

"삼사 씨!" 매니저가 목소리를 높여 불렀다.

„Was ist los mit dir?", wollte er wissen.

"너 왜 그래?" 그가 묻고 싶어했다.

„Du hast dich in deinem Zimmer verbarrikadiert."

"당신은 방에 틀어박혀 있군요."

„Sie antworten nur mit ‚Ja' oder ‚Nein'."

"'예' 또는 '아니오' 중 하나만 답해 주십시오."

„Du bereitest deinen Eltern große Sorgen."

"너는 부모님께 심각한 걱정을 안겨드리고 있어."

„Ich sehe keinen guten Grund, warum Sie sie beunruhigen sollten.“

"그들을 걱정시킬 만한 타당한 이유를 모르겠네요."

„Es gibt da noch eine Sache, die ich nebenbei erwähnen möchte.“

"한 가지 더 말씀드릴 것이 있습니다."

„Sie vernachlässigen auch Ihre geschäftlichen Pflichten uns gegenüber.“

"당신은 우리에 대한 업무상 의무를 소홀히 하고 있습니다."

„Eine solche Verantwortungslosigkeit entspricht so gar nicht Ihrem Charakter.“

"그런 무책임한 행동은 당신답지 않아요."

„Ich spreche hier im Namen Ihrer Eltern und Ihres Chefs.“

"저는 당신의 부모님과 상사를 대신하여 이 자리에 섰습니다."

„Und ich bitte Sie um eine sofortige und klare Erklärung.“

"즉각적이고 명확한 설명을 요구합니다."

„Das Ganze erstaunt mich wirklich, das muss ich sagen.“

"이 모든 일이 정말 놀랍네요."

„Ich dachte, ich kenne dich als ruhigen und vernünftigen Menschen.“

"저는 당신이 차분하고 합리적인 사람이라고 알고 있었어요."

„Aber jetzt zeigst du uns eine andere Seite von dir.“

"하지만 지금 당신은 우리에게 당신의 다른 면모를 보여주고 있네요."

„Plötzlich zeigst du deine ganz eigenen Launen.“

"갑자기 당신은 아주 특이한 변덕을 드러내고 있군요."

„Aber es könnte eine Erklärung für Ihr Scheitern geben.“

"하지만 당신의 실패에는 이유가 있을지도 모릅니다."

„Der Chef erwähnte eine Forderung, die Sie für uns eingetrieben hatten.“

"사장님께서 당신이 우리 회사를 위해 받아낸 채무에 대해 말씀하셨어요."

"Ich habe dem Chef in Ihrem Namen mein Ehrenwort gegeben."

"사장님께 당신을 위해 제 명예를 걸고 약속했습니다."

„Aber jetzt sehe ich deine unverständliche Sturheit.“

"하지만 이제야 당신의 이해할 수 없는 고집을 알겠네요."

"Vielleicht verliere ich auch noch jegliche Lust, dir überhaupt zu helfen."

"내가 당신을 돕고 싶은 마음을 완전히 잃을지도 몰라요."

„Ihre Arbeitsplatzsicherheit ist keineswegs völlig stabil.“

"당신의 직업 안정성은 결코 완전히 안정적이지 않습니다."

„Eigentlich wollte ich euch das alles unter vier Augen erzählen.“

"원래는 이 모든 걸 너에게 개인적으로 이야기하려고 했어."

„Aber jetzt sehe ich, dass Sie wollen, dass ich hier meine Zeit verschwende.“

"하지만 이제 보니 당신은 내가 여기서 시간을 낭비하길 바라시는군요."

„Ich sehe also keinen Grund, warum deine Eltern das nicht wissen sollten.“

"그러니 부모님께서 모르실 이유가 없다고 생각합니다."

„Ihre Leistungen in letzter Zeit waren nicht zufriedenstellend.“

"귀하의 최근 업무 성과는 만족스럽지 못합니다."

„Ich räume ein, dass die Verkäufe zu dieser Jahreszeit langsamer laufen.“

"연말에 매출이 저조한 것은 사실입니다."

„Aber es gibt keine Jahreszeit, in der es keine Verkäufe gibt.“

"하지만 일 년 중 세일이 없는 시기는 없습니다."

Für einen Moment vergaß Gregor alles um sich herum.

그 순간 그레고르는 주변의 모든 것을 잊었다.

„Aber Herr Prokurist!", rief Gregor verzweifelt aus.

"하지만 프로쿠리스트 씨," 그레고르는 절망에 찬 목소리로 외쳤다.

"Ich öffne die Tür sofort, jetzt gleich, keine Sorge."

"제가 지금 바로 문을 열어드릴게요, 걱정하지 마세요."

„Das Problem ist, dass ich mich ziemlich unwohl fühle."

"문제는 제가 몸 상태가 꽤 좋지 않다는 것입니다."

„Mir war schwindelig, deshalb konnte ich die Tür nicht erreichen."

"어지럼증 때문에 문까지 갈 수 없었어요."

„Ich liege zwar noch im Bett, aber es geht mir schon viel besser."

"아직 침대에 누워있지만 훨씬 나아진 것 같아요."

"Einen Moment bitte, ich stehe gerade erst auf."

"잠시만 기다려 주세요. 지금 막 침대에서 일어났어요."

"Einen Moment Geduld, Herr Prokurist, ist alles, worum ich bitte."

"프로쿠리스트 씨, 잠시만 기다려 주시면 됩니다."

„Es läuft nicht so gut, wie ich dachte, aber ich werde es schon schaffen."

"생각했던 것만큼 잘 풀리지는 않지만, 괜찮을 거예요."

"Wie kann so etwas einem Menschen so schnell passieren?"

"어떻게 그런 일이 사람에게 그렇게 빨리 일어날 수 있죠?"

„Mir ging es gestern Abend gut, das wissen meine Eltern."

"어젯밤엔 괜찮았어요. 부모님도 아시잖아요."

„Aber vielleicht hatte ich damals schon eine kleine Vorahnung."

"하지만 어쩌면 그때 이미 어느 정도 예감이 들었을지도 모르겠어요."

„Man könnte sich fragen, warum ich es nicht im Büro gemeldet habe."

"왜 사무실에 보고하지 않았냐고 물으실 수도 있겠죠."

„Ich dachte, ich würde mich morgen früh wieder viel besser fühlen.“

"내일 아침에는 훨씬 기분이 나아질 거라고 생각했어요."

„Man denkt immer, dass sie die Krankheit bis dahin besiegt haben werden.“

"사람들은 늘 그때쯤이면 병을 이겨냈을 거라고 생각하죠."

„Aber bitte! Verschonen Sie meine Eltern vor diesen Anschuldigungen!“

"하지만 제발! 저희 부모님께 이런 비난을 하지 말아 주세요!"

„Mir wurde kein Wort von dem erzählt, was Sie mir erzählt haben.“

"당신이 내게 말한 내용에 대해선 한 마디도 듣지 못했어요."

„Sie haben möglicherweise die letzten von mir versandten Befehle nicht gelesen.“

"당신은 제가 보낸 최근 지시사항을 읽어보지 않았을 수도 있습니다."

„Übrigens, du brauchst dir heute keine Sorgen um mich zu machen.“

"참, 오늘은 저 때문에 걱정하실 필요 없어요."

„Ich werde trotzdem den Zug um acht Uhr nehmen.“

"저는 여전히 8시 기차를 탈 거예요."

„Die wenigen Stunden Ruhe haben mich ausreichend gestärkt.“

"짧은 휴식 덕분에 기력이 충분히 회복됐습니다."

"Sie müssen wirklich nicht warten, Manager."

"매니저님, 기다리실 필요 전혀 없습니다."

„Auch ich werde schon bald im Büro sein.“

저도 곧 사무실에 복귀할 예정입니다.

"Und bitte seien Sie so freundlich, ein gutes Wort für mich einzulegen."

"그리고 부디 저를 위해 좋은 말씀 한 말씀 부탁드립니다."

Gregor hatte seine Erklärung recht hastig vorgetragen.

그레고르는 설명을 꽤 성급하게 내뱉었다.

Er wusste selbst kaum, was er eigentlich sagen wollte.

그는 자신이 정말로 무슨 말을 하려고 하는지 거의 알지 못했다.

Er ging zu der Kiste und versuchte, sich daran hochzuziehen.

그는 상자로 가서 그것을 잡고 일어서려고 했다.

Er hatte wirklich die feste Absicht, die Tür zu öffnen.

그는 정말로 문을 열 생각이었어.

Er wollte vom Bevollmächtigten empfangen werden.

그는 권한 있는 대리인을 만나고 싶어했습니다.

Und er wollte das Problem persönlich mit ihm lösen.

그리고 그는 그 문제를 그와 직접 해결하고 싶어했습니다.

Er war gespannt darauf, wie die anderen auf ihn reagieren würden.

그는 다른 사람들이 자신에게 어떻게 반응할지 몹시 궁금해했다.

Sie sind bestimmt inzwischen auch gespannt darauf, wie es ihm geht.

그들도 이제 그의 근황이 궁금해 죽을 지경일 것이다.

Es gab zwei mögliche Arten, wie sie auf ihn reagieren konnten.

그들이 그에게 반응할 수 있는 방법은 두 가지였다.

Eine Möglichkeit war, dass sie Angst bekommen würden.

한 가지 가능성은 그들이 겁을 먹을 수도 있다는 것이었다.

Wenn sie Angst hatten, dann trug er keine Verantwortung.

그들이 두려워했다면 그는 아무런 책임이 없다.

Und dann müsste er sich keine Sorgen mehr um die Situation machen.

그러면 그는 그 상황에 대해 걱정할 필요가 없을 것이다.

Es gab aber auch noch eine andere Möglichkeit, die man in Betracht ziehen musste.

하지만 고려해 볼 만한 또 다른 가능성도 있었습니다.

Vielleicht würden sie ihn so, wie er war, einfach hinnehmen.

어쩌면 그들은 그의 있는 그대로의 모습을 차분히 받아들일지도 모른다.

Dann hätte auch Gregor keinen Grund, sich aufzuregen.

그렇다면 그레고르도 화를 낼 이유가 없을 것이다.

Es bliebe noch genügend Zeit, den Zug zu erreichen.

기차를 탈 시간은 충분히 있을 겁니다.

Das Aufrechtstehen war jedoch alles andere als einfach.

하지만 똑바로 서 있는 것 자체가 결코 쉬운 일은 아니었다.

Bei seinen ersten Versuchen rutschte er von der Kiste ab.

처음 몇 번 시도했을 때 그는 상자에서 미끄러져 떨어졌다.

Die Kiste war zu glatt, als dass er sich dagegen stemmen konnte.

상자 표면이 너무 매끄러워서 그는 기대어 설 수 없었다.

Und schließlich gab er sich noch einen letzten Anstoß, um aufzustehen.

그리고 마침내 그는 마지막 힘을 다해 일어섰다.

Er schenkte den Schmerzen in seinem Bauch keine Beachtung mehr.

그는 더 이상 복부의 통증에 신경 쓰지 않았다.

Egal wie groß der Schmerz sein würde, er würde es durchstehen.

아무리 고통스러워도 그는 이겨낼 것이다.

Er ließ sich gegen die Lehne eines nahegelegenen Stuhls fallen.

그는 근처 의자 등받이에 털썩 주저앉았다.

Und er hielt sich mit seinen kleinen Beinchen am Rand fest.

그리고 그는 작은 다리로 가장자리를 붙잡고 있었다.

Zu diesem Zeitpunkt hatte er sich besser im Griff.

그는 이때쯤 자신을 더 잘 통제할 수 있게 되었다.

Und sein Fall war stiller als der vorherige.

그리고 그의 몰락은 이전의 몰락보다 더 조용했다.

Weil er dem Manager zuhören musste.

그는 매니저의 말을 들어야 했기 때문이다.

„Habt ihr irgendetwas davon verstanden?", fragte er die Eltern.

"방금 말씀하신 내용을 이해하셨나요?" 그가 부모에게 물었다.

"Er würde uns doch nicht zum Narren halten, oder?"

"그가 우리를 바보로 만들진 않겠지?"

„Um Gottes Willen!", rief die Mutter und weinte bereits.

"제발," 어머니는 이미 울먹이며 소리쳤다.

„Er könnte schwer krank sein und wir quälen ihn."

"그는 심각한 병에 걸렸을지도 모르는데 우리가 그를 괴롭히고 있는 겁니다."

"Grete! Grete!", schrie sie ihrer Tochter zu.

"그레테! 그레테!" 그녀는 딸에게 소리쳤다.

„Mutter?", rief die Schwester von der anderen Seite.

"어머니?" 여동생이 반대편에서 불렀다.

Dann kommunizierten sie durch Gregors Zimmer.

그들은 그레고르의 방을 통해 소통했다.

„Gregor ist sehr krank und braucht Medikamente."

"그레고르는 많이 아파서 약을 먹어야 해요."

„Sie müssen sofort zum Arzt gehen."

"즉시 병원에 가셔야 합니다."

Hast du gehört, wie Gregor eben gesprochen hat?

"그레고르가 방금 말하는 거 들었어?"

„Das war die Stimme eines Tieres", sagte der Manager.

"그건 마치 동물의 목소리 같았어요."라고 매니저가 말했다.

Seine Worte waren leise im Vergleich zu den Schreien der Mutter.

어머니의 비명 소리에 비하면 그의 말은 조용했다.

"Anna! Anna!", rief der Vater durch das Vorzimmer.

"안나! 안나!" 아버지가 대기실을 통해 불렀다.

Und er klatschte in die Hände, um ihre Aufmerksamkeit zu erregen.

그는 그들의 주의를 끌기 위해 손뼉을 쳤다.

"Holt sofort einen Schlüsseldienst!", befahl er dem Dienstmädchen.

"당장 열쇠공을 불러와!" 그는 하녀에게 명령했다.

Die Mädchen rannten in ihren Röcken durch das Vorzimmer.

치마를 입은 소녀들이 대기실을 가로질러 뛰어갔다.

Und ihre Röcke raschelten, als sie an seinem Zimmer vorbeiliefen.

그들이 그의 방 앞을 지나갈 때 치마 자락이 바스락거렸다.

„Wie konnte sich die Schwester so schnell anziehen?", dachte er.

"여동생은 어떻게 그렇게 빨리 옷을 입었지?" 그는 생각했다.

Die Tür war aufgerissen, aber nicht zugeschlagen.

문은 뜯겨 나갔지만, 쾅 닫히지는 않았다.

Dies kommt häufig in Haushalten vor, in denen ein großes Unglück geschieht.

이는 큰 불행이 닥친 가정에서 흔히 볼 수 있는 현상입니다.

All das hatte Gregor jedoch deutlich ruhiger gemacht.

하지만 이 모든 일 덕분에 그레고르는 훨씬 차분해졌다.

Als er seine eigenen Worte hörte, erschienen sie ihm klar.

그는 자신의 말을 듣고 나서야 그 내용이 명확하게 이해되는 듯했다.

Tatsächlich war er der Ansicht, seine Worte seien eigentlich klarer gewesen.

사실 그는 자신의 말이 오히려 더 명확해졌다고 느꼈다.

Die anderen aber verstanden nicht mehr, was er sagte.

하지만 다른 사람들은 더 이상 그가 무슨 말을 하는지 이해하지 못했다.

Vielleicht hatte er sich inzwischen an seine Ohren gewöhnt.

아마도 그는 이제 자신의 귀에 익숙해졌을 것이다.

Aber zumindest verstanden sie seine Situation jetzt besser.

하지만 적어도 이제 그들은 그의 상황을 더 잘 이해하게 되었다.

Sie erkannten, dass mit ihm tatsächlich etwas nicht stimmte.

그들은 그에게 정말 뭔가 문제가 있다는 것을 깨달았다.

Und sie taten nun alles, was sie konnten, um ihm zu helfen.

그리고 그들은 이제 그를 돕기 위해 할 수 있는 모든 것을 다하고 있었다.

Dies gab Gregor ein Gefühl des Selbstvertrauens, das ihm gefehlt hatte.

이로써 그레고르는 그동안 부족했던 자신감을 얻었다.

Und er fühlte sich in der Familie wieder viel sicherer.

그리고 그는 가족 안에서 훨씬 더 안정감을 느꼈습니다.

Er hatte das Gefühl, wieder in den menschlichen Kreis aufgenommen zu sein.

그는 자신이 다시 인간관계의 일원으로 받아들여졌다고 느꼈다.

Nun musste er hoffen, dass der Schlüsseldienst die Tür öffnen konnte.

이제 그는 열쇠공이 문을 열어주기를 바랄 수밖에 없었다.

Und er hoffte, der Arzt könne solche Aufgaben ausführen.

그리고 그는 의사가 그러한 일들을 수행할 수 있기를 바랐다.

Er würde bald wieder mehr reden müssen.

그는 조만간 다시 말을 많이 해야 할 것이다.

Seine Stimme musste so klar wie möglich sein.

그의 목소리는 최대한 또렷해야 했다.

Zur Vorbereitung auf das Treffen räusperte er sich.

그는 회의 준비를 위해 목을 가다듬었다.

Er bemühte sich jedoch, nur sehr leise zu husten.

하지만 그는 최대한 조용히 기침하려고 애썼다.

Das Geräusch klang möglicherweise anders als ein menschlicher Husten.

그 소리는 사람의 기침 소리와는 다르게 들렸을 수도 있습니다.

Er wusste, dass er solche Dinge nicht mehr unterscheiden konnte.

그는 더 이상 그런 것들을 구분할 수 없다는 것을 알았다.

Im Nebenzimmer war es vollkommen still geworden.

옆방은 완전히 조용해졌다.

Die Eltern saßen wahrscheinlich am Tisch.

부모님은 아마 식탁에 앉아 계셨을 겁니다.

Möglicherweise flüsterten sie mit dem Manager.

그들은 매니저와 속삭였을지도 모릅니다.

Vielleicht lehnten alle an der Tür und lauschten.

어쩌면 모두가 문에 기대어 듣고 있었을지도 몰라.

Gregor schob den Stuhl langsam in Richtung Tür.

그레고르는 천천히 의자를 문 쪽으로 밀었다.

Er stemmte sich gegen die Tür und hielt sich aufrecht.

그는 문을 밀어붙이며 몸을 똑바로 세웠다.

Er stellte fest, dass sich an seinen Fußsohlen ein wenig Klebstoff befand.

그는 발바닥에 약간의 접착 성분이 있다는 것을 알게 되었다.

Und er ruhte sich dort einen Moment lang von der Anstrengung aus.

그는 힘든 일을 마치고 잠시 그곳에서 쉬었다.

Nachdem er sich ausreichend ausgeruht hatte, begann er mit der nächsten Aufgabe.

충분히 휴식을 취한 그는 다음 작업에 착수했다.

Er begann, den Schlüssel mit dem Mund im Schloss zu drehen.

그는 입으로 자물쇠에 열쇠를 돌리기 시작했다.

Leider schien er gar keine Zähne zu haben.

불행히도, 그는 실제로 이빨이 없는 것 같았다.

Aber welche andere Möglichkeit hätte er gehabt, an die Schlüssel zu gelangen?

하지만 그가 열쇠를 손에 넣을 다른 방법이 있었을까요?

Zum Glück für ihn waren seine Kiefer natürlich sehr kräftig.

다행히도 그의 턱은 매우 강했다.

Mit Hilfe seiner Kiefermuskeln brachte er den Schlüssel tatsächlich in Bewegung.

그는 턱을 이용해 열쇠를 정말로 움직이게 만들었다.

Er hatte keinen Zweifel daran, dass er sich damit auch selbst schadete.

그는 자신이 스스로에게도 해를 끼치고 있다는 사실을 조금도 의심하지 않았다.

Weil eine braune Flüssigkeit aus seinem Mund kam.

그의 입에서 갈색 액체가 나오고 있었기 때문입니다.

Die braune Flüssigkeit ergoss sich über den Schlüssel und die Tür hinunter.

갈색 액체가 열쇠 위로 흘러내려 문 아래로 떨어졌다.

Aber Gregor kümmerte es nicht, dass er sich selbst schadete.

하지만 그레고르는 자신이 스스로에게 해를 끼치고 있다는 사실을 신경 쓰지 않았다.

„Können Sie das hören?“, fragte der Manager im Nebenraum.

"저 소리 들리세요?" 옆방에서 매니저가 말했다.

„Er dreht den Schlüssel um“, hatte der Manager bemerkt.

"그가 열쇠를 돌리고 있잖아." 매니저가 알아챘다.

Diese Worte waren eine große Ermutigung für Gregor.

이 말들은 그레고르에게 큰 격려가 되었습니다.

Aber auch Vater und Mutter hätten rufen sollen:

하지만 아버지와 어머니도 이렇게 외쳤어야 했습니다.

„Gut gemacht, Gregor!“, hätten sie ihm zurufen sollen.

"잘했어, 그레고르!"라고 그들은 그에게 소리쳤어야 했다.

„Immer weiter, immer weiter am Schlüssel drehen, du schaffst das.“

"계속해, 계속 열쇠를 돌려봐, 넌 할 수 있어."
Stattdessen musste Gregor sich ihre Begeisterung vorstellen.
하지만 그레고르는 그들의 흥분을 상상해야만 했다.
Er presste die Zähne zusammen mit aller Kraft, die er hatte.
그는 있는 힘을 다해 이를 악물었다.
Und er drehte den Schlüssel weiter im Schloss.
그는 계속해서 자물쇠 안에서 열쇠를 이리저리 돌렸다.
Sein Körper wand sich schmerzhaft im Kreis.
고통스럽게 그의 몸은 빙글빙글 돌았다.
Er konnte sich nur noch mit dem Mund aufrecht halten.
그는 이제 입으로만 몸을 지탱하고 있었다.
Um den Schlüssel weiterzudrehen, drückte er gegen die Tür.
열쇠를 계속 돌리려고 그는 문에 힘을 주었다.
Schließlich weckte das Knacken des Schlosses Gregor wieder auf.
마침내 자물쇠가 딸깍 소리를 내며 잠에서 깬 그레고르.
„Ich brauchte also keinen Schlüsseldienst", seufzte er erleichtert.
"그래서 열쇠공이 필요 없었네." 그는 안도의 한숨을 쉬었다.
Jetzt musste er nur noch die Tür öffnen, die er aufgeschlossen hatte.
이제 그는 잠금 해제해 둔 문을 열기만 하면 됐다.
Und mit dem Kopf auf dem Türgriff öffnete er die Tür.
그는 머리를 손잡이에 얹고 문을 열었다.
Er befand sich hinter der Tür, die in sein Zimmer führte.
그는 자기 방으로 통하는 문 뒤에 있었다.
Die Tür war also schon offen, bevor man ihn sehen konnte.
그래서 그가 모습을 드러내기 전에 문은 이미 열려 있었다.
Als Nächstes musste er sich um die Tür herummanövrieren.
다음으로 그는 문 주변을 조심스럽게 돌아가야 했다.
Diese schwierige Bewegung erforderte auch viel Mühe.

이 어려운 이동에는 많은 노력이 필요했습니다.

Er wollte nicht ungeschickt in den nächsten Raum fallen.

그는 어색하게 옆방으로 넘어지고 싶지 않았다.

So hatte er keine Zeit, sich auf irgendetwas anderes zu konzentrieren.

그래서 그는 다른 것에 신경 쓸 시간이 없었다.

Doch dann hörte er den Hauptsekretär laut „Oh!" ausrufen.

그런데 그때 그는 수석 서기가 큰 소리로 "오!"라고 외치는 소리를 들었다.

Es klang, als würde der Wind durchs Haus rauschen.

마치 바람이 집 안으로 세차게 불어오는 소리 같았다.

Er war zufällig derjenige, der der Tür am nächsten stand.

그는 마침 문에 가장 가까이 있던 사람이었다.

Und als er ihn nun sah, presste er die Hand an den Mund.

그를 보자 그는 손으로 입을 가렸다.

Langsam bewegte er sich rückwärts, weg von Gregor.

그는 천천히 그레고르에게서 멀어지며 뒤로 물러섰다.

Aber es war, als ob eine unsichtbare Kraft auf ihn einwirkte.

하지만 마치 보이지 않는 힘이 그에게 작용하는 것 같았다.

Das Erste, was die Mutter tat, war, den Vater anzusehen.

어머니가 제일 먼저 한 일은 아버지를 쳐다보는 것이었다.

Trotz der Anwesenheit des Managers war ihr Haar zerzaust.

매니저가 옆에 있었음에도 불구하고 그녀의 머리는 헝클어져 있었다.

Sie verschränkte die Arme und machte zwei Schritte nach vorn.

그녀는 팔짱을 풀고 두 걸음 앞으로 나섰다.

Doch dann brach sie mitten in ihrem Rock zusammen.

그런데 그때 그녀는 치마 자락에 쓰러지고 말았다.

Ihr Kleid breitete sich um sie herum auf dem Boden aus.

그녀의 드레스가 바닥에 사방으로 펼쳐졌다.

Und ihr Kopf verschwand auf ihren eigenen Brüsten.

그리고 그녀의 머리는 자신의 가슴 위로 사라졌다.

Der Vater ballte mit feindseligem Gesichtsausdruck die Faust.

아버지는 적대적인 표정으로 주먹을 꽉 쥐었다.

Er schien Gregor zurück in sein Zimmer drängen zu wollen.

그는 그레고르를 다시 방으로 밀어 넣고 싶어하는 것 같았다.

Dann blickte er unsicher im Wohnzimmer umher.

그는 불안한 듯 거실을 둘러보았다.

Und schließlich bedeckte er seine Augen mit den Händen.

그리고 마침내 그는 두 손으로 눈을 가렸다.

Und er weinte bitterlich, bis seine mächtige Brust erbebte.

그는 가슴이 떨릴 때까지 서럽게 울었다.

Gregor betrat ihr Zimmer tatsächlich gar nicht.

사실 그레고르는 그들의 방에 전혀 들어가지 않았다.

Stattdessen lehnte er sich an den Türrahmen.

그는 대신 문틀에 기대섰다.

Von außen war nur die Hälfte seines Körpers sichtbar.

바깥 사람들에게는 그의 몸의 절반만 보였다.

Und auf seinem Körper befand sich sein Kopf, zur Seite geneigt.

그리고 그의 몸 위에는 옆으로 기울어진 그의 머리가 놓여 있었다.

Das Licht war inzwischen viel heller geworden als zuvor.

이제 빛은 이전보다 훨씬 더 밝아졌다.

Man konnte nun deutlich die andere Straßenseite sehen.

이제 길 건너편이 확실히 보였다.

Ein Teil des endlosen, grauen Krankenhauses gab sich zu erkennen.

끝없이 펼쳐진 회색빛 병원의 한 부분이 모습을 드러냈다.

Der Morgenregen hatte noch nicht ganz aufgehört.

아침비는 아직 완전히 그치지 않았다.

Doch nun waren die Regentropfen größer und weiter voneinander entfernt.

하지만 이제 빗방울은 더 커졌고, 간격도 더 넓어졌다.

Das Frühstücksbuffet war in Hülle und Fülle vorhanden.

아침 식사 메뉴가 테이블 위에 푸짐하게 차려져 있었다.

Der Vater hielt das Frühstück für die wichtigste Mahlzeit.

아버지는 아침 식사를 가장 중요한 식사라고 생각했다.

Das Frühstück war eine Mahlzeit, die er stundenlang in die Länge zog.

그는 아침 식사를 몇 시간씩 질질 끌며 먹었다.

Und in diesen Stunden las er die verschiedenen Zeitungen.

그는 이 시간 동안 여러 신문을 읽었다.

Direkt gegenüber hing ein Foto von Gregor.

바로 맞은편 벽에는 그레고르의 사진이 걸려 있었다.

Das Foto an der Wand zeigte ihn als Leutnant.

벽에 걸린 사진 속 그는 중위였다.

Es war ein Foto aus seiner Zeit beim Militär.

그 사진은 그가 군 복무 시절에 찍은 것이었다.

Seine Hand ruhte auf seinem Schwert, und er hatte ein unbeschwertes Lächeln im Gesicht.

그는 검에 손을 얹고 태평스러운 미소를 짓고 있었다.

Seine Haltung und seine Uniform flößten einen gewissen Respekt ein.

그의 자세와 제복은 존경심을 불러일으켰다.

Die andere Tür, die zum Vorzimmer führte, war ebenfalls offen.

대기실로 통하는 다른 문도 열려 있었다.

Und die Tür zur Wohnung war auch noch offen.

그리고 아파트 문도 여전히 열려 있었다.

Man konnte bis zum Vorhof des Wohnhauses sehen.

아파트 앞마당까지 훤히 보였다.

Und dann führte die Treppe hinunter auf die Straße.

그리고 계단은 아래쪽 거리로 이어져 있었다.

Gregor war der Einzige, der die Fassung bewahrt hatte.

그레고르만이 유일하게 침착함을 유지했다.

Er hat das gesehen, daher lag die Verantwortung für das Gespräch bei ihm.

그는 이 상황을 목격했으므로, 그 대화에 대한 책임은 그에게 있었다.

"So, ich werde mich jetzt für die Arbeit anziehen", sagte er.

"자, 이제 출근 준비를 해야겠네요."라고 그가 말했다.

„Sobald ich die Textilmuster verpackt habe, werde ich abreisen."

"원단 샘플을 포장하고 나서 출발하겠습니다."

"Beabsichtigen Sie immer noch, mich zu entlassen, Herr Prokurist?"

"프로쿠리스트 씨, 아직도 저를 해고하실 생각이십니까?"

„Wie Sie sehen, bin ich nicht so stur, wie Sie dachten."

"보시다시피 저는 당신이 생각했던 것만큼 고집스럽지 않습니다."

„Und Sie können sehen, dass ich doch gerne arbeite."

"그리고 보시다시피, 저는 결국 일하는 걸 좋아합니다."

„Ich kann zugeben, dass Reisen aus beruflichen Gründen nicht einfach ist."

"업무 출장이 쉽지 않다는 것을 인정합니다."

„Aber ich kann auch akzeptieren, dass es Teil meines Jobs ist."

"하지만 그것 또한 제 업무의 일부라는 것을 받아들일 수 있습니다."

"Manager, wo gehen Sie hin? Zurück ins Büro?"

"매니저님, 어디 가세요? 사무실로 돌아가시는 건가요?"

„Werden Sie alles, was Sie gesehen haben, wahrheitsgemäß berichten?"

"당신은 목격한 모든 것을 진실되게 보고하시겠습니까?"

„Manchmal kommt es vor, dass man nicht zur Arbeit gehen kann.“

"때로는 출근할 수 없는 상황이 발생하기도 합니다."

„Das ist der richtige Zeitpunkt, um sich an vergangene Erfolge zu erinnern.“

"지금이야말로 과거의 업적을 되새겨볼 적절한 시기입니다."

„Nachdem die Schwierigkeit beseitigt wurde, funktioniert es sogar noch besser.“

"어려움을 제거하고 나면, 업무 효율이 훨씬 높아진다."

„Mein Fleiß und meine Konzentration werden zunehmen.“

"저의 성실함과 집중력은 더욱 높아질 것입니다."

"Sie wissen ganz genau, dass ich dem Chef etwas schulde."

"당신도 제가 사장님께 큰 빚을 졌다는 걸 잘 알고 있잖아요."

„Aber ich mache mir auch Sorgen um meine Eltern und meine Schwester.“

"하지만 저는 부모님과 여동생도 걱정돼요."

„Ich stecke in einer schwierigen Lage, aber ich werde einen Weg finden, da wieder herauszukommen.“

"지금 어려운 상황에 처했지만, 잘 헤쳐나갈 거예요."

„Macht es nicht noch schwieriger, als es ohnehin schon ist.“

"이보다 더 어렵게 만들지 마세요."

„Als Kollegen müssen wir uns auch gegenseitig helfen.“

"동료 직원으로서 우리는 서로 도와야 합니다."

„Ich weiß, dass die Büroangestellten die Reisenden nicht mögen.“

"사무직 직원들이 여행객들을 좋아하지 않는다는 걸 알고 있어요."

„Ihr glaubt, wir verdienen ein Vermögen und führen ein gutes Leben.“

"당신은 우리가 엄청난 돈을 벌고 풍족한 삶을 산다고 생각하잖아요."

„Sie haben keinen wirklichen Grund, ihre Vorurteile zu hinterfragen."

"그들은 자신들의 편견을 고려할 만한 실질적인 이유가 없다."

„Sie als befugter Beamter haben jedoch eine andere Rolle."

"하지만 당신은 권한을 위임받은 담당자로서 다른 역할을 맡고 있습니다."

„Sie haben einen besseren Überblick als die anderen Mitarbeiter."

"다른 직원들보다 전체적인 상황을 더 잘 파악하시는 것 같네요."

„Tatsächlich glaube ich, dass Sie den besten Überblick haben."

"사실, 당신이 가장 전체적인 상황을 잘 파악하고 계신 것 같습니다."

„Sie haben einen besseren Überblick als der Chef selbst."

"당신은 사장님보다 상황을 더 잘 파악하고 있군요."

„Ich gebe zu, dass der Chef die unternehmerische Arbeit leistet."

"사장님이 기업가적인 일을 하는 건 인정합니다."

„Aber es ist leicht, dass seine Urteile in die Irre geführt werden."

하지만 그의 판단은 쉽게 오도될 수 있다.

„Und diese kleinen Fehleinschätzungen können uns zum Nachteil gereichen."

"그리고 이러한 작은 판단 착오는 우리에게 해가 될 수 있습니다."

„Sie wissen ja, wie leicht es ist, über den Reisenden zu sprechen."

여행자에 대해 이야기하는 것이 얼마나 쉬운지 아시잖아요.

„Er ist nicht da, um seinen Ruf vor Gerüchten zu verteidigen."

"그는 자신의 명예를 험담으로부터 지키기 위해 그 자리에 있는 것이 아닙니다."

„Diese Anschuldigungen können leicht nur Zufälle sein."

"이러한 혐의들은 단순한 우연의 일치일 수도 있습니다."

„Viele Beschwerden beruhen nicht einmal auf irgendeiner Wahrheit."

"많은 불만 사항들은 사실과 전혀 무관합니다."

„Er ist fast das ganze Jahr über nicht im Büro."

"그는 거의 일 년 내내 사무실에 없습니다."

Welche Chance hat er, seinen Ruf zu verteidigen?

"그가 자신의 명예를 지킬 가능성이 얼마나 되겠습니까?"

„Er erfährt gar nichts von den Anschuldigungen."

"그는 혐의에 대해 들어볼 기회조차 없어요."

„Er erfährt erst, was gesagt wurde, wenn es zu spät ist."

"그는 너무 늦어서야 무슨 말이 오갔는지 알게 된다."

„Zu diesem Zeitpunkt ist er von der Tagesreise völlig erschöpft."

"그때쯤 되면 그는 하루 여정으로 완전히 지쳐 있을 겁니다."

„Er muss die schrecklichen Konsequenzen trotzdem am eigenen Leib erfahren."

"그는 어쨌든 끔찍한 결과를 겪어야 할 것이다."

„Auch wenn er keine Möglichkeit hat, das Problem zu verstehen."

"그는 문제를 이해할 방법이 전혀 없지만요."

"Oh Manager, gehen Sie nicht, ohne mir ein Wort zu sagen."

"매니저님, 저한테 한마디도 안 하고 가시면 안 돼요."

„Sag mir wenigstens, dass du mir teilweise zustimmst."

"적어도 내 의견에 부분적으로라도 동의한다고 말해줘."

Der Manager hatte sich aber schon viel früher von Gregor abgewandt.

하지만 감독은 훨씬 일찌감치 그레고르에게서 등을 돌린 상태였다.

Seine Schulter zuckte, als er Gregor anblickte.

그가 그레고르를 돌아보자 어깨가 움찔거렸다.

Und er blieb während der gesamten Rede kein einziges Mal stehen.

그는 연설하는 동안 단 한 순간도 가만히 서 있지 않았다.

Er hatte Gregor mit zusammengepressten Lippen angesehen.

그는 입술을 꾹 다문 채 그레고르를 돌아보고 있었다.

Er hatte sich allmählich in Richtung Tür zurückgezogen.

그는 서서히 문 쪽으로 물러나고 있었다.

Aber auch er konnte den Blick nicht von Gregor abwenden.

하지만 그는 그레고르에게서 눈을 뗄 수도 없었다.

Er hatte das Gefühl, es gäbe ein geheimes Verbot, den Raum zu verlassen.

그는 마치 방을 나가는 것이 비밀리에 금지된 것 같은 느낌을 받았다.

Zu diesem Zeitpunkt befand er sich aber bereits in der Eingangshalle.

하지만 이때쯤 그는 이미 현관 홀에 도착해 있었다.

Und nun machte er eine plötzliche Bewegung in Richtung Ausgang.

그러자 그는 갑자기 출구 쪽으로 발걸음을 옮겼다.

Er streckte seine rechte Hand in Richtung der Treppe aus.

그는 오른손을 계단 쪽으로 뻗었다.

Vielleicht wartete eine übernatürliche Macht darauf, ihn zu retten.

어쩌면 초자연적인 힘이 그를 구하기 위해 기다리고 있었을지도 모른다.

Gregor wusste, dass er ihn so nicht gehen lassen konnte.

그레고르는 그가 이렇게 떠나는 것을 두고 볼 수 없다는 것을 알았다.

Der Manager darf nicht in der Stimmung zurückkehren, in der er sich befand.

감독은 이전의 기분 상태로 돌아와서는 안 된다.

Gregors Arbeitsplatz war stark gefährdet.

그레고르의 직업 안정성이 매우 위태로워졌다.

Die Eltern konnten das alles nicht vollständig verstehen.

부모님은 이 모든 것을 완전히 이해하지 못하셨습니다.

Über die Jahre hatten sie sich an seine Arbeitsplatzsicherheit gewöhnt.

세월이 흐르면서 그들은 그의 직업 안정성에 익숙해졌다.

Und sie waren davon überzeugt, dass er den Job auf Lebenszeit hatte.

그리고 그들은 그가 평생 그 직책을 맡게 될 것이라고 확신하게 되었다.

Stattdessen hatten sie sich mit anderen Sorgen beschäftigt.

대신 그들은 다른 걱거리들에 몰두하게 되었다.

Doch diese Bedenken führten dazu, dass sie jegliche Weitsicht verloren.

하지만 이러한 우려 때문에 그들은 미래를 내다보는 안목을 완전히 잃었습니다.

Gregor hatte jedoch die elterliche Weitsicht nicht verloren.

하지만 그레고르는 부모의 선견지명을 잃지 않았다.

Jemand musste den Bevollmächtigten stoppen.

누군가는 권한 있는 대리인을 막아야 했다.

Er musste ihn beruhigen und überzeugen.

그는 그를 진정시키고 설득해야 했다.

Davon hing die Zukunft von Gregor und seiner Familie ab!

그레고르와 그의 가족의 미래가 그것에 달려 있었다!

Wenn doch nur die kluge Schwester da gewesen wäre, um zu helfen.

똑똑한 여동생이 여기 있었더라면 도와줬을 텐데.

Sie hatte schon geweint, als Gregor noch in seinem Zimmer war.

그녀는 그레고르가 아직 방에 있을 때 이미 울고 있었다.

Zu diesem Zeitpunkt lag er einfach nur ruhig auf dem Rücken.

그때 그는 그저 등을 대고 조용히 누워 있었다.

Sie wusste damals schon um die Bedeutung der Situation.

그녀는 그때 이미 상황의 중요성을 알고 있었다.

Der Manager hatte bekanntermaßen eine Schwäche für Frauen.

그 매니저는 여자를 유난히 좋아하는 것으로 유명했다.

Sie hätte ihn leicht dazu überreden können, länger zu bleiben.

그녀는 그를 설득해서 더 오래 머물게 할 수도 있었을 것이다.

Sie hätte die Tür geschlossen und ihn wieder hineingeführt.

그녀는 문을 닫고 그를 안으로 다시 안내했을 것이다.

Doch leider war die Schwester bereits aufgebrochen, um einen Arzt zu holen.

하지만 안타깝게도 여동생은 의사를 부르러 간 상태였습니다.

Deshalb blieb Gregor nichts anderes übrig, als es selbst zu tun.

그러므로 그레고르는 직접 나서서 해결할 수밖에 없었다.

Er hatte nicht bedacht, welche Fähigkeiten er tatsächlich besaß.

그는 자신의 실제 능력이 무엇인지 생각해 본 적이 없었다.

Und er hatte vergessen, seiner Fähigkeit zu sprechen zu misstrauen.

그리고 그는 자신의 말하는 능력을 불신하는 것을 잊어버렸다.

Dennoch verließ er die Sicherheit seines Zimmers.

하지만 그럼에도 불구하고 그는 안전한 방을 떠났다.

Und er drängte sich durch die Öffnung des Zimmers.

그는 방 입구를 통해 몸을 밀어 넣었다.

Der Manager war bereits auf dem Weg die Treppe hinunter.

매니저는 이미 계단을 내려가고 있었다.

Aber er hielt sich mit beiden Händen am Geländer fest.

하지만 그는 두 손으로 난간을 꽉 잡고 있었다.

Gregor stürzte, als er sich durch die Tür schob.

그레고르는 문을 밀고 들어가려다 넘어졌다.

Er stieß einen kleinen Schrei aus, als er nach Halt griff.

그는 몸을 지탱하려고 손을 움켜쥐며 작은 비명을 질렀다.

Doch anstatt in Panik zu geraten, verspürte er ein körperliches Wohlbefinden.

하지만 그는 공황 상태에 빠지기보다는 오히려 신체적인

안녕감을 느꼈다.

Zum ersten Mal an diesem Morgen fühlte sich etwas richtig an.

그날 아침 처음으로 뭔가 제대로 된 것 같은 느낌이 들었다.

Alle seine Beine standen nun auf festem Boden.

이제 그의 모든 다리는 단단한 땅에 닿아 있었다.

Er war überrascht, wie gut er seine Beine kontrollieren konnte.

그는 자신이 다리를 생각보다 잘 제어할 수 있다는 사실에 놀랐다.

Er freute sich, festzustellen, dass seine Beine ihm vollkommen gehorchten.

그는 자신의 다리가 완전히 자신의 말을 따르는 것을 확인하고

기뻤다.

Tatsächlich trugen ihn seine Beine überall hin, wo er hinwollte.

사실 그의 다리는 그가 원하는 곳 어디든 데려다주었다.

Bald würden all seine Sorgen ein Ende finden.

머지않아 그의 모든 슬픔은 끝날 운명이었다.

Doch im selben Augenblick sprang seine eigene Mutter auf.

그런데 바로 그 순간 그의 어머니가 벌떡 일어섰다.

Ihre Arme waren ausgestreckt und ihre Finger gespreizt.

그녀는 팔을 쭉 뻗고 손가락을 펼쳤다.

Und sie schrie: „Hilfe, um Gottes willen, helft mir!"

그러자 그녀는 "도와주세요, 제발 누가 좀 도와주세요!"라고

외쳤다.

Sie neigte den Kopf; sie wollte Gregor besser sehen.

그녀는 고개를 갸우뚱거렸다. 그레고르를 더 자세히 보고 싶었기 때문이다.

Doch im Gegensatz zu ihrer ersten Handlung rannte sie zurück.

하지만 첫 번째 행동과는 반대로 그녀는 되돌아갔다.

Sie hatte vergessen, dass der Tisch hinter ihr gedeckt war.

그녀는 식탁이 자기 뒤에 차려져 있다는 사실을 잊고 있었다.

Alle Speisen fürs Frühstück standen noch auf dem Tisch.

아침 식사 재료들이 모두 테이블 위에 그대로 놓여 있었다.

Sie setzte sich hastig auf den Tisch, als sei sie abgelenkt.

그녀는 마치 정신이 팔린 듯 황급히 테이블에 앉았다.

Und sie schien den verschütteten Kaffee nicht zu bemerken.

그리고 그녀는 쏟아진 커피를 알아차리지 못한 것 같았다.

Der Kaffee, der inzwischen in den Teppich eingezogen war.

커피가 카펫에 스며들고 있었다.

„Mutter, Mutter", sagte Gregor leise und blickte zu ihr auf.

"엄마, 엄마," 그레고르는 어머니를 올려다보며 나지막이 말했다.

Im Moment war ihm der Manager nicht wichtig.

당분간 매니저는 그에게 중요한 존재가 아니었다.

Aber da war auch noch der Kaffee, der auf den Teppich tropfte.

하지만 카펫에 커피가 떨어지고 있었어요.

Gregor konnte nicht widerstehen und schnappte nach dem Kaffee.

그레고르는 참지 못하고 커피를 향해 입을 쩍 벌렸다.

Die Mutter fing wegen seines Verhaltens wieder an zu weinen.

어머니는 그의 행동 때문에 다시 울기 시작했다.

Sie sprang vom Tisch, um Abstand von ihm zu gewinnen.

그녀는 그와 거리를 두기 위해 테이블에서 뛰어내렸다.

Und sie rannte in die Arme ihres Vaters, um Schutz zu suchen.

그녀는 안전을 위해 아버지의 품으로 달려갔다.

Doch Gregor hatte jetzt keine Zeit mehr für seine Eltern.

하지만 그레고르는 이제 부모님을 위해 시간을 낼 여유가 없었다.

Der zuständige Beamte befand sich bereits auf der Treppe.

담당자는 이미 계단에 서 있었다.

Er hatte sein Kinn auf dem Geländer, um ins Haus zu schauen.

그는 난간에 턱을 괴고 집 안을 들여다보고 있었다.

Offenbar wollte er sich das Spektakel noch ein letztes Mal ansehen.

아무래도 그는 그 광경을 마지막으로 한 번 더 보고 싶었던 것 같다.

Und Gregor unternahm einen letzten Versuch, den Manager zu erreichen.

그리고 그레고르는 매니저에게 연락하기 위해 마지막 노력을 기울였다.

Er rannte so sicher wie möglich zur Tür.

그는 최대한 조심스럽게 문 쪽으로 달려갔다.

Aber der Hauptsekretär muss etwas geahnt haben.

하지만 수석 서기는 뭔가 수상한 점을 눈치챘을 것이다.

Denn er sprang mehrere Stufen hinunter und verschwand.

그는 계단 몇 개를 뛰어내려 사라졌기 때문입니다.

"Huh!", rief Gregor, und sein Ruf hallte durch das Treppenhaus.

"흥!" 그레고르가 계단 통로에 울려 퍼지도록 소리쳤다.

Die Flucht des Managers schien auch seinen Vater zu verwirren.

매니저의 탈출은 그의 아버지에게도 혼란을 준 것 같았다.

Bis dahin war es ihm gelungen, recht gefasst zu bleiben.

그는 그때까지 상당히 침착함을 유지해왔다.

Doch leider verlor auch er die Fassung, die er zuvor besessen hatte.

하지만 안타깝게도 그 역시 그동안 유지해왔던 평정심을 잃었습니다.

Er hätte Gregor bei seinem Vorhaben helfen sollen.

그가 했어야 할 일은 그레고르의 추적을 돕는 것이었다.

Doch er packte den Gehstock des Managers mit einer Hand.

하지만 그는 한 손으로 매니저의 지팡이를 움켜잡았다.

In seiner anderen Hand hielt er nun eine Zeitung.

그리고 다른 한 손에는 신문을 들고 있었다.

Und nun behinderte er Gregor direkt bei seinem Vorhaben.

그리고 그는 이제 그레고르의 추적을 직접적으로 방해했다.

Er hatte sich zwischen Gregor und die Straße gestellt.

그는 그레고르와 거리 사이에 몸을 던졌다.

Er stampfte mit den Füßen auf und fuchtelte mit dem Stock und der Zeitung herum.

그는 발을 구르고 막대기와 신문을 흔들었다.

Und er zwang Gregor aktiv zurück in sein Zimmer.

그리고 그는 적극적으로 그레고르를 그의 방으로 다시 밀어 넣고 있었다.

Keine der Bitten, die Gregor äußerte, half.

그레고르가 시도했던 어떤 요청도 소용이 없었다.

Weil keines seiner Anliegen verstanden wurde.

그가 했던 요청들은 하나도 이해받지 못했기 때문입니다.

Er wandte den Kopf in eine tiefere, demütigere Haltung.

그는 고개를 더 깊고 겸손한 각도로 돌렸다.

Doch sein Vater antwortete, indem er noch heftiger mit den Füßen aufstampfte.

하지만 그의 아버지는 더욱 세게 발을 구르며 화답했다.

Die Mutter öffnete trotz des kühlen Wetters ein Fenster.

어머니는 서늘한 날씨에도 불구하고 창문을 열었다.

Und sie presste ihr Gesicht in die Hände vor Kälte.

그녀는 추위에 얼굴을 두 손으로 감쌌다.

Der Wind konnte nun durch die gesamte Wohnung strömen.

이제 바람이 아파트 전체를 통과할 수 있었다.

Ein starker Luftzug wehte vom Treppenhaus in die Gasse.

계단에서 골목으로 강한 바람이 불어왔다.

Die Vorhänge wurden vom starken Wind hin und her bewegt.

강한 바람에 커튼이 펄럭였다.

Und die Zeitung auf dem Tisch raschelte im Wind.

그리고 탁자 위의 신문이 바람에 바스락거렸다.

Sogar einige Blätter wurden von draußen ins Haus geweht.

심지어 바깥에서 나뭇잎들이 집 안으로 날아들어오기도 했습니다.

Der Vater stampfte mit den Füßen und schob unerbittlich.

아버지는 발을 구르며 쉴 새 없이 밀었다.

Und er zischte und gab Geräusche von sich, wie es ein Wilder tun würde.

그는 마치 야생인처럼 쉿쉿거리고 이상한 소리를 냈다.

Gregor hatte das Rückwärtsgehen aber noch nicht geübt.

하지만 그레고르는 아직 뒤로 걷는 연습을 해보지 않았다.

Selbst Gregor würde zugeben, dass diese Bewegung wesentlich langsamer vonstatten ging.

그레고르조차도 이 움직임이 훨씬 느리다는 것을 인정할 것이다.

Doch alles, was er wollte, war die Gelegenheit, umzukehren.

그가 원했던 건 단지 상황을 반전시킬 기회뿐이었다.

Dann wäre er sofort in sein Zimmer gegangen.

그랬다면 그는 곧바로 자기 방으로 갔을 것이다.

Aber er hatte zu große Angst, seinen Vater ungeduldig zu machen.

하지만 그는 아버지를 조마조마하게 만들까 봐 너무 두려웠다.

Und es bestand die Drohung mit einem Schlag mit dem Stock.

그리고 막대기로 때릴지도 모른다는 위협이 있었다.

Ein solcher Schlag auf den Hinterkopf könnte tödlich sein.

머리 뒤쪽에 그런 충격을 받으면 치명적일 수 있습니다.

Am Ende blieb Gregor jedoch keine andere Wahl.

하지만 결국 그레고르에게는 다른 선택의 여지가 없었다.

Ihm wurde klar, dass er nicht einmal mehr geradeaus rückwärts gehen konnte.

그는 뒤로 똑바로 걷는 것조차 불가능하다는 것을 깨달았다.

Er begann sich so schnell wie möglich umzudrehen.

그는 최대한 빨리 몸을 돌리기 시작했다.

Doch in Wirklichkeit war diese Drehbewegung genauso langsam.

하지만 실제로는 이러한 변화의 속도 또한 매우 느렸습니다.

Und ihm folgten die besorgten Blicke des Vaters.

그리고 아버지의 걱정스러운 눈길이 그를 따라갔다.

Vielleicht bemerkte der Vater Gregors gute Absichten.

어쩌면 아버지는 그레고르의 선의를 알아차렸을지도 모릅니다.

Weil er ihn nicht daran hinderte, sich umzudrehen.

그가 몸을 돌리는 것을 방해하지 않았기 때문이다.

Er benutzte sogar die Spitze seines Stocks, um die Drehung zu steuern.

그는 심지어 막대기 끝을 이용해 회전 방향을 조절하기도 했다.

Gregor wünschte sich aber dennoch, sein Vater hätte ihn nicht angefaucht!

하지만 그레고르는 아버지가 자신에게 쏘아붙이지 않았으면 하고 바랐다!

Das Zischen trug nur noch zur Verwirrung des Augenblicks bei.

쉿 소리는 그 순간의 혼란을 더욱 가중시켰다.

Und dann unterlief ihm ein Fehler, und er bog in die falsche Richtung ab.

그런데 그는 실수를 해서 잘못된 방향으로 향했다.

Am Ende gelang es ihm schließlich doch, den richtigen Weg einzuschlagen.

결국 그는 마침내 올바른 길을 찾을 수 있었다.

Und er war zufrieden mit den Fortschritten, die er gemacht hatte.

그리고 그는 자신이 이룬 진전에 만족했다.

Doch dann trat das nächste Problem noch deutlicher zutage.

하지만 그때 다음 문제가 더욱 분명해졌습니다.

Sein Körper war zu breit, um problemlos durch die Tür zu passen.

그의 몸집이 너무 커서 문을 쉽게 통과할 수 없었다.

In seinem jetzigen Zustand bemerkte der Vater dies nicht.

아버지는 현재 상태에서 이를 알아차리지 못했습니다.

Deshalb kam es ihm nicht in den Sinn, die Tür weiter zu öffnen.

그래서 그는 문을 더 열어야겠다는 생각을 하지 못했다.

Dann wäre genügend Platz für Gregor gewesen.

그랬다면 그레고르가 앉을 공간이 충분했을 것이다.

Seine einzige Priorität war es, Gregor in sein Zimmer zu bringen.

그의 최우선 과제는 그레고르를 방으로 데려가는 것이었다.

Er hätte aufstehen müssen, um durch die Tür zu passen.

그는 문을 통과하려면 일어서야 했을 것이다.

Der Vater hätte ein solches Manöver jedoch nicht zugelassen.

하지만 아버지는 그런 계략을 결코 용납하지 않았을 것이다.

Tatsächlich fauchte er ihn noch heftiger an als zuvor.

사실 그는 전보다 훨씬 더 격렬하게 그에게 야유를 퍼부었다.

Es klang nach mehr als nur einem Mann, der ihn anzischt.

그에게 쉿 소리를 내는 사람은 한 명 이상인 것 같았다.

Seine Forderungen schienen nun an Dringlichkeit gewonnen zu haben.

그의 요구에는 새로운 절박함이 묻어나는 듯했다.

Für Spielereien war jetzt wirklich keine Zeit mehr.

이제 더 이상 시간을 낭비할 여유가 없었다.

Was auch immer geschah, Gregor musste durch die Tür gelangen.

무슨 일이 있더라도 그레고르는 그 문을 통과해야만 했다.

Er kämpfte sich ohne jegliche Rücksicht auf sich selbst durch.

그는 자신을 전혀 존중하지 않고 묵묵히 나아갔다.

Durch die Bewegung wurde eine Seite seines Körpers nach oben gedrückt.

움직임으로 인해 그의 몸 한쪽이 위로 솟구쳤다.

Und er lag unbeholfen und schief zwischen den Türrahmen.

그는 문간 사이에 어색하고 비뚤어진 자세로 누워 있었다.

Eine seiner Flanken war am Holz wundgescheuert.

그의 옆구리 한쪽이 나무에 쓸려 벗겨져 있었다.

Und er hatte hässliche Flecken auf der weiß gestrichenen Tür hinterlassen.

그리고 그는 하얗게 칠해진 문에 보기 흉한 얼룩을 남겼다.

Auf einer Seite seines Körpers hingen die Beine zitternd in der Luft.

그의 한쪽 다리가 허공에서 떨리며 매달려 있었다.

Seine anderen Beine drückten schmerzhaft gegen den Boden.

나머지 다리는 바닥에 고통스럽게 눌려 있었다.

Bald würde er vollständig zwischen den Türen eingeklemmt sein.

곧 그는 문 사이에 완전히 끼어버릴 것 같았다.

Und dann hätte er sich überhaupt nicht mehr bewegen können.

그랬다면 그는 전혀 움직일 수 없었을 것이다.

Doch der Vater gab ihm einen wahrhaft befreienden, starken Anstoß.

하지만 아버지는 그에게 진정으로 해방감을 주는 강한 자극을 주었다.

Und er stürzte, stark blutend, tief in sein Zimmer hinein.

그는 피를 심하게 흘리며 방 안으로 쓰러졌다.

Der Vater knallte die Tür hinter sich mit seinem Stock zu.

아버지는 지팡이로 문을 쾅 닫고 나갔다.

Und dann kehrte endlich wieder Ruhe ein.

그러고 나니 마침내 다시 평화롭고 조용한 시간이 찾아왔습니다.

<h1 style="text-align:center">Teil Zwei</h1>
2부

Gregor wachte erst viel später am Tag auf.

그레고르는 한참 후에야 잠에서 깼다.

Die Dämmerung war hereingebrochen; er hatte tief und fest geschlafen.

날이 저물었고, 그는 깊고 무의식적인 잠에 빠져 있었다.

Er wäre auch ohne Störung aufgewacht.

그는 방해받지 않았더라도 잠에서 깼을 것이다.

Denn er fühlte sich ausreichend ausgeruht und gut geschlafen.

그는 충분히 휴식을 취하고 숙면을 취했다고 느꼈기 때문입니다.

Aber er glaubte, draußen flüchtige Schritte zu hören.

하지만 그는 바깥에서 순간적으로 발소리가 들리는 것 같았다.

Und vielleicht hat jemand die Haustür sorgfältig geschlossen.

그리고 누군가가 현관문을 조심스럽게 닫았을지도 모릅니다.

Das Licht der elektrischen Straßenbahn lag blass an der Decke.

전차의 불빛이 천장에 희미하게 비쳤다.

Auch die Oberseite der Möbel wurde ein wenig beleuchtet.

가구 윗부분에도 약간의 빛이 들어왔다.

Doch unten am Boden, auf Gregors Höhe, war es dunkel.

하지만 땅 위, 그레고르의 눈높이에서는 어두웠습니다.

Seine Beine schoben ihn langsam wieder in Richtung Tür.

그의 다리는 천천히 그를 다시 문 쪽으로 밀어붙였다.

Er war sehr neugierig, zu sehen, was dort geschehen war.

그는 그곳에서 무슨 일이 일어났는지 매우 궁금했다.

Seine Kontrolle über seine Fühler war jedoch noch nicht entwickelt.

하지만 그는 아직 촉각을 제어하는 능력이 발달하지 않았다.

Obwohl er diese neuen Sensoren allmählich zu schätzen begann.

그는 이러한 새로운 센서들을 점차 높이 평가하기 시작했다.

Eine lange, unansehnliche Narbe schien seine linke Seite hinunterzulaufen.

그의 왼쪽 옆구리에는 길고 보기 흉한 흉터가 나 있는 듯했다.

Die Narbe fühlte sich an, als würde sie diese Seite seines Körpers einengen.

흉터 때문에 몸의 그 부분이 조여드는 느낌이 들었다.

Und so musste er buchstäblich auf seinen zwei Beinreihen humpeln.

그래서 그는 두 줄로 된 다리로 절뚝거리며 걸어야 했습니다.

Eines seiner Beine war an diesem Morgen schwer verletzt worden.

그는 그날 아침 다리 한쪽에 심각한 부상을 입었다.

Es war wirklich ein Wunder, dass er sich nicht noch mehr Beine gebrochen hatte.

그가 다리를 더 부러뜨리지 않은 건 정말 기적이었다.

Und so schleppte er sein verletztes Bein leblos hinter sich her.

그래서 그는 다친 다리를 힘없이 질질 끌면서 걸어갔다.

Als er die Tür erreichte, erkannte er etwas Tiefgreifendes.

문에 다다랐을 때 그는 심오한 사실을 깨달았다.

Es war der Geruch von etwas, der ihn dorthin gelockt hatte.

그를 그곳으로 이끈 것은 무언가의 냄새였다.

In Gregors Zimmer war etwas Essbares für ihn hinterlassen worden.

그레고르의 방에 먹을 것이 조금 놓여 있었다.

Stückchen Weißbrot schwimmen in einer Schüssel mit süßer Milch.

달콤한 우유 한 그릇에 흰 빵 조각들이 둥둥 떠다니고 있다.

Er konnte seine innere Freude kaum verbergen.

그는 마음속에 솟아오르는 기쁨을 주체할 수 없었다.

Er war jetzt noch hungriger als am Morgen.

그는 아침보다 지금 훨씬 더 배가 고팠다.

Er tauchte sofort seinen Kopf in die Schüssel mit Milch.

그는 곧바로 우유 그릇에 머리를 담갔다.

Die Milch quoll ihm fast über den ganzen Kopf, bis zu den Augen.

우유가 그의 머리 거의 전체, 눈까지 차올랐다.

Doch schon bald riss er den Kopf zurück, bitter enttäuscht.

하지만 그는 곧 몹시 실망한 표정으로 고개를 뒤로 젖혔다.

Das Essen war aufgrund seiner empfindlichen linken Seite schwierig.

왼쪽 몸이 약해서 식사하는 데 어려움을 겪었다.

Und er konnte nur essen, indem er mit dem ganzen Körper keuchte.

그는 온몸으로 헐떡거리며 숨을 몰아쉬어야만 음식을 먹을 수 있었다.

Das war jedoch nicht der wahre Grund für seine Enttäuschung.

하지만 그것이 그의 실망의 진짜 이유는 아니었다.

Milch war schon immer eines seiner Lieblingsgerichte gewesen.

우유는 언제나 그가 가장 좋아하는 음식 중 하나였다.

Er hatte keinen Zweifel daran, dass seine Schwester sich daran erinnerte.

그는 여동생이 이 일을 기억하고 있을 거라고 확신했다.

Und das war der Grund, warum sie ihm Milch gegeben hatte.

그것이 바로 그녀가 그에게 우유를 준 이유였다.

Er konnte nicht erklären, warum er Milch jetzt nicht mehr mochte.

그는 자신이 왜 이제 우유를 싫어하게 되었는지 설명할 수 없었다.

Und er wandte sich fast widerwillig von der Schüssel ab.

그는 마치 마지못해 하는 듯이 그릇에서 고개를 돌렸다.

Enttäuscht kroch er zurück in die Mitte des Raumes.

실망한 그는 방 한가운데로 기어갔다.

Hier konnte er durch den Türspalt hindurchsehen.

그는 문틈으로 안을 들여다볼 수 있었다.

Er konnte sehen, dass im Wohnzimmer das Feuer brannte.

그는 거실에 불이 붙어 있는 것을 볼 수 있었다.

Gewöhnlich las der Vater um diese Zeit die Zeitung.

보통 이 시간에 아버지는 신문을 읽으셨다.

Er las seiner Mutter immer mit erhobener Stimme vor.

그는 항상 어머니에게 큰 소리로 책을 읽어주곤 했다.

Manchmal lauschte auch die Schwester dem Vater.

때때로 여동생도 아버지의 대화를 엿듣곤 했다.

Sie hatte Gregor immer von diesem Vorlesen erzählt.

그녀는 항상 그레고르에게 이 낭독에 대해 이야기해 주곤 했다.

Doch heute war aus dem Zimmer kein Laut zu hören.

하지만 오늘은 그 방에서 아무 소리도 들리지 않았다.

Vielleicht war diese Gewohnheit bereits in Vergessenheit geraten.

어쩌면 이 습관은 이미 사라졌을지도 모른다.

Eine tiefe Stille hatte sich über die gesamte Wohnung gelegt.

아파트 전체에 깊은 정적이 감돌았다.

Obwohl er wusste, dass die Wohnung ganz sicher nicht leer war.

그는 아파트가 비어있지 않다는 것을 확실히 알고 있었다.

„Was für ein ruhiges Leben die Familie doch führte", dachte Gregor.

"그 가족은 참 조용한 삶을 살았군." 그레고르는 생각했다.

Und er blickte mit großem Stolz in die Dunkelheit.

그는 큰 자부심을 품고 어둠 속을 응시했다.

Er war stolz auf das Leben, das er ihnen hatte ermöglichen können.

그는 자신이 그들에게 줄 수 있었던 삶에 자부심을 느꼈다.

Er war stolz auf die schöne Wohnung, in der sie lebten.

그는 그들이 살고 있는 아름다운 아파트를 자랑스러워했다.

Doch sollte dieser Frieden nun ein schreckliches Ende nehmen?

하지만 이 모든 평화는 끔찍한 종말을 맞이하게 될까요?

Würde man ihnen ihren Wohlstand nehmen?

그들의 번영은 빼앗길 위기에 처한 것일까?

War ihre Zufriedenheit nun in Zukunft ungewiss?

그들의 미래에 대한 만족감은 이제 불확실해진 것일까?

Doch er wollte sich nicht in solchen Gedanken verlieren.

하지만 그는 그런 생각에 빠지고 싶지 않았다.

Um sich die Zeit zu vertreiben, kroch er die Wände rauf und runter.

심심하지 않으려고 그는 벽을 기어올랐다.

Im Laufe des langen Abends wurde eine Tür einen Spalt breit geöffnet.

긴 저녁 시간 동안 문 하나가 살짝 열려 있었다.

Und zu einem anderen Zeitpunkt öffnete sich die andere Tür einen Spaltbreit.

그리고 또 다른 때, 다른 문이 조금 열렸습니다.

Doch beide Male wurden die Türen schnell wieder geschlossen.

하지만 두 번 모두 문은 금세 다시 닫혔습니다.

Offenbar hatte jemand draußen den Wunsch, hereinzukommen.

분명히 외부의 누군가가 안으로 들어오고 싶어했던 것 같다.

Aber sie hatten auch zu viele Bedenken, hereinzukommen.

하지만 그들은 입국에 대해 너무 많은 우려를 가지고 있었습니다.

Gregor blieb nun direkt vor der Wohnzimmertür stehen.

그레고르는 거실 문 바로 앞에서 멈춰 섰다.

Er war fest entschlossen, den zögernden Besucher irgendwie zu verführen.

그는 어떻게든 망설이는 방문객의 마음을 사로잡기로 마음먹었다.

Und er wollte auch wissen, wer der Besucher gewesen war.

그리고 그는 방문객이 누구였는지도 알고 싶어했습니다.

Doch an diesem Abend wurde die Tür kein drittes Mal geöffnet.

하지만 그날 저녁, 문은 세 번째로 열리지 않았다.

Und Gregor verbrachte seine Zeit vergeblich damit, an der Tür zu warten.

그레고르는 문 앞에서 헛되이 시간을 보냈다.

Früher am Tag wollten sie alle in den Raum kommen.

그날 아침 그들은 모두 그 방에 들어오고 싶어했어요.

Jetzt, da die Türen unverschlossen waren, würde es ihnen leichter fallen.

이제 문이 열렸으니 그들에게는 더 쉬워질 것이다.

Aber sie entschieden sich dafür, auf der anderen Seite des Raumes zu bleiben.

하지만 그들은 방 반대편에 머물기로 했습니다.

Gregor bemerkte, dass die Schlüssel nicht mehr in ihren Schlössern steckten.

그레고르는 열쇠가 자물쇠에 더 이상 없다는 것을 알아차렸다.

Jemand muss die Schlüssel zum Außenschloss umgesteckt haben.

누군가 열쇠를 외부 자물쇠로 옮겨 놓았나 봐요.

Erst spät in der Nacht wurde das Licht im Wohnzimmer ausgeschaltet.

한밤중에야 거실 불이 꺼졌다.

Die Familie muss die ganze Zeit wach geblieben sein.

그 가족은 그 시간 내내 깨어 있었던 게 분명해.

Und Gregor konnte deutlich hören, wie sie sich auf Zehenspitzen davonschlichen.

그리고 그레고르는 그들이 발소리를 죽이며 멀어지는 소리를 분명히 들을 수 있었다.

Nun würde bis zum Morgen niemand zu Gregor kommen.

이제 아침이 될 때까지 아무도 그레고르에게 오지 않을 것이다.

So hatte er lange Zeit für sich, um ungestört nachzudenken.

그래서 그는 방해받지 않고 생각할 수 있는 긴 시간을 갖게 되었다.

Wie könnte man sein Leben jetzt am besten neu ordnen?

지금 그의 삶을 재정비하는 가장 좋은 방법은 무엇일까요?

Doch die hohen Wände des leeren Zimmers ängstigten ihn.

하지만 텅 빈 방의 높은 벽이 그를 겁먹게 했다.

Ihm blieb keine andere Wahl, als sich flach auf den Boden zu legen.

그는 어쩔 수 없이 땅바닥에 엎드려야 했다.

Und er fand in diesem Raum niemals die Ursache seiner Angst.

그리고 그는 그 공간에서 자신의 두려움의 원인을 결코 찾지 못했다.

Es war dasselbe Zimmer, in dem er seit fünf Jahren lebte.

그가 5년 동안 살았던 바로 그 방이었다.

Halb bewusst machte er eine Bewegung in Richtung Sofa.

그는 무의식적으로 소파 쪽으로 몸을 움직였다.

Und ohne jede Scham versteckte er sich unter dem Sofa.

그는 조금도 부끄러워하지 않고 소파 밑으로 숨었다.

Dort unten fühlte er sich sofort wieder sehr wohl.

그곳에 내려가자마자 그는 곧바로 다시 아주 편안함을 느꼈다.

Obwohl sein Rücken etwas gequetscht war.

등이 약간 눌렸음에도 불구하고.

Auch unter dem Sofa konnte er seinen Kopf nicht mehr heben.

그는 더 이상 소파 밑으로 머리를 내밀 수도 없었다.

Aber selbst das zog er einem Aufenthalt im Freien vor.

하지만 그는 탁 트인 공간에 있는 것보다는 이런 곳을 더 좋아했다.

Er bedauerte jedoch, dass sein Körper so breit war.

하지만 그는 자신의 체격이 너무 큰 것을 후회했다.

Das Sofa konnte seinen ganzen Körper nicht vollständig bedecken.

소파는 그의 몸 전체를 완전히 가릴 수 없었다.

Er blieb die ganze Nacht unter dem Sofa.

그는 밤새도록 소파 밑에 숨어 있었다.

Die Nacht verbrachte er halb schlafend, geplagt von seinem Hunger.

그는 그날 밤 배고픔에 잠을 설치며 반쯤 잠든 채로 보냈다.

Und die Zeit, die er wach war, verbrachte er entweder in Sorgen oder in Hoffnung.

그는 깨어 있는 시간을 걱정하거나 희망에 차서 보냈다.

Doch all seine vagen Hoffnungen führten zu demselben Schluss.

하지만 그의 막연한 희망은 모두 같은 결론으로 귀결되었다.

Ihm blieb nichts anderes übrig, als vorerst zu schweigen.

그는 당분간 침묵을 지킬 수밖에 없었다.

Er musste der Familie gegenüber Geduld und Rücksichtnahme zeigen.

그는 가족에게 인내심과 배려심을 보여야 했다.

Es war die einzige Möglichkeit, die Unannehmlichkeiten erträglich zu machen.

그 불편함을 견딜 수 있게 해주는 유일한 방법이었다.

Die Unannehmlichkeiten, die er nun der Familie auferlegte.

그가 이제 가족에게 강요하고 있는 불편함.

Er musste nicht lange warten, um sein Mitgefühl unter Beweis zu stellen.

그는 자신의 자비심을 증명하기 위해 오래 기다릴 필요가 없었다.

Früh am Morgen schaute die Schwester in sein Zimmer.

이른 아침, 여동생은 그의 방을 들여다보았다.

Obwohl es eigentlich genauso viel Nacht wie Morgen war.

사실 그때는 아침이기도 하고 밤이기도 했다.

Sie war vollständig angezogen und schien aufgeregt zu sein.

그녀는 옷을 완전히 차려입었고, 들뜬 기색을 보였다.

Die Tragfähigkeit seiner neu getroffenen Entscheidung könnte sich bewähren.

그가 새롭게 내린 결정의 타당성이 시험대에 오를 수 있다.

Sie entdeckte ihn nicht sofort auf Anhieb.

그녀는 처음 훑어봤을 때 그를 바로 찾지 못했다.

Er musste irgendwo sein; weggeflogen konnte er nicht sein.

그는 분명 어딘가에 있었을 거예요. 날아가 버렸을 리는 없어요.

Doch dann schweifte ihr Blick ein zweites Mal durch den Raum.

하지만 그때 그녀의 눈은 방 안을 다시 한번 훑어보았다.

Und dieses Mal entdeckte sie seinen Oberkörper unter dem Sofa.

이번에는 그녀가 소파 밑에 있는 그의 몸통을 발견했다.

Sie war so verängstigt, dass sie jegliche Selbstbeherrschung verlor.

그녀는 너무 무서워서 자제력을 완전히 잃었다.

Und ihre erste Reaktion war, die Tür wieder zuzuschlagen.

그녀의 첫 반응은 문을 다시 쾅 닫는 것이었다.

Doch sie schien ihr Verhalten auch sofort zu bereuen.

하지만 그녀는 자신의 행동을 즉시 후회하는 듯 보였다.

Kaum hatte sie die Tür zugeschlagen, öffnete sie sie auch schon wieder.

그녀는 문을 쾅 닫자마자 다시 열었다.

Und diesmal schlich sie sich leise auf Zehenspitzen in den Raum.

이번에는 그녀가 살금살금 방으로 들어왔다.

Sie bewegte sich, als ob sie eine schwerkranke Person besuchen würde.

그녀는 마치 중병에 걸린 사람을 병문안하는 것처럼 움직였다.

Oder sie könnte einen völlig Fremden besucht haben.

혹은 그녀는 전혀 모르는 사람을 방문했을 수도 있다.

Gregor drückte seinen Kopf fast bis an den Rand des Sofas.

그레고르는 머리를 소파 가장자리까지 거의 밀어붙였다.

Und von unterhalb des Tresors beobachtete er sie im Zimmer.

그리고 그는 금고 아래에서 방 안의 그녀를 지켜보았다.

Würde sie bemerken, dass er die Milch stehen gelassen hatte?

그녀는 그가 우유를 두고 간 것을 알아챌까?

Er hatte die Milch nicht etwa aus Mangel an Hunger stehen gelassen.

그가 우유를 남겨둔 것은 배가 고프지 않아서가 아니었다.

Wollte sie ihm stattdessen anderes Essen bringen?

그녀는 그에게 다른 음식을 가져다줄 생각이었을까요?

Vielleicht ein Gericht, das seinen Vorlieben besser entsprach.

어쩌면 그의 입맛에 더 잘 맞는 음식이었을지도 모릅니다.

Aber sie hätte seinen Appetit selbst bemerken müssen.

하지만 그녀가 직접 그의 식욕을 알아차렸어야 했을 것이다.

Er wäre lieber verhungert, als sie davon erfahren zu lassen.

그는 그녀에게 자신의 사실을 알리느니 차라리 굶어 죽는 쪽을 택했다.

Eigentlich hätte er es ihr sehr gerne gesagt.

사실 그는 그녀에게 말하고 싶어 안달이 났었다.

Er war wirklich versucht, unter dem Sofa hervorzuschießen.

그는 소파 밑에서 뛰쳐나와 총을 쏘고 싶은 충동을 정말로 느꼈다.

Er wollte sich seiner Schwester zu Füßen werfen.

그는 여동생의 발치에 엎드리고 싶었다.

Und er wollte sie um etwas Leckeres zu essen bitten.

그는 그녀에게 맛있는 음식을 좀 달라고 부탁하고 싶었다.

Doch dann blickte die Schwester zu der Schüssel mit Milch.

그런데 그때 여동생은 우유 그릇을 바라보았다.

Sie bemerkte sofort, dass die Schüssel noch voll war.

그녀는 그릇이 여전히 가득 차 있다는 것을 즉시 알아차렸다.

Sie war ziemlich überrascht, dass Gregor nichts gegessen hatte.

그녀는 그레고르가 아무것도 먹지 않았다는 사실에 다소 놀랐다.

Nur ein wenig Milch war auf den Boden verschüttet worden.

바닥에 우유가 조금 쏟아졌을 뿐이었다.

Sie nahm sofort die Schüssel und trug sie hinaus.

그녀는 즉시 그릇을 집어 들고 밖으로 나갔다.

Er sah, dass sie die Schüssel nicht mit bloßen Händen aufgehoben hatte.

그는 그녀가 맨손으로 그릇을 들지 않는 것을 보았다.

Stattdessen hob sie die Schüssel mit einem der Lappen hoch.

그녀는 대신 헝겊 조각 중 하나를 이용해 그릇을 집어 들었다.

Gregor vergaß dieses kleine Detail jedoch sehr schnell.

하지만 그레고르는 이 사소한 사실을 금세 잊어버렸다.

Er war nun von etwas ganz anderem viel begeisterter.

그는 이제 다른 일에 훨씬 더 흥분해 있었다.

Was könnte sie als Ersatz für die Milch mitbringen?

그녀는 우유 대신 무엇을 가져올까요?

Er hatte verschiedene Vermutungen darüber, was sie wohl mitbringen könnte.

그는 그녀가 무엇을 가져올지 여러 가지 생각을 했다.

Doch die Güte seiner Schwester übertraf seine Erwartungen.

하지만 그의 여동생의 친절은 그의 예상을 뛰어넘었다.

Ihr wurde klar, dass sie herausfinden musste, was seine neuen Vorlieben waren.

그녀는 그의 새로운 취향이 무엇인지 알아봐야 한다는 것을 깨달았다.

Deshalb brachte sie eine ganze Auswahl an verschiedenen Speisen mit.

그래서 그녀는 온갖 종류의 음식을 가져왔어요.

Halbverfaultes Gemüse, Knochen vom Abendessen.

반쯤 썩은 야채와 저녁 식사 후 남은 뼈들.

Die eingedickte Soße von der anderen Mahlzeit, die sie gegessen hatten.

그들이 먹었던 다른 음식의 소스가 굳어버린 것이었다.

Ein paar Rosinen, einige Mandeln, trockenes Brot, Butterbrot.

건포도 약간, 아몬드 약간, 마른 빵, 버터 바른 빵.

Etwas Brot, das mit Butter bestrichen und gesalzen war.

버터와 소금이 발라진 빵 몇 조각.

Käse, den Gregor vor zwei Tagen noch für ungenießbar erklärt hatte.

그레고르가 이틀 전에 먹을 수 없다고 선언했던 치즈.

Die gesamte Auswahl an Speisen wurde auf einer Zeitung ausgelegt.

이 모든 음식들을 신문지 위에 올려놓았습니다.

Und sie stellte auch eine Schüssel mit Wasser neben seine Mahlzeiten.

그리고 그녀는 그의 식사 옆에 물 한 그릇을 놓아두었다.

Sie wusste, dass Gregor nicht vor ihr gegessen hätte.

그녀는 그레고르가 자신 앞에서 밥을 먹지 않을 거라는 걸 알고 있었다.

Aus Respekt vor ihm verließ sie deshalb wieder den Raum.

그에 대한 존중의 표시로 그녀는 다시 방을 나갔다.

Und sie hat beim Weggehen sogar den Schlüssel im Schloss umgedreht.

그리고 그녀는 떠날 때 열쇠를 자물쇠에 돌려 넣기까지 했다.

Aber sie drehte den Schlüssel ganz leise und vorsichtig um.

하지만 그녀는 아주 조용하고 조심스럽게 열쇠를 돌렸다.

Auf diese Weise würde nur Gregor wissen, dass die Tür verschlossen war.

이렇게 하면 그레고르만 문이 잠겼다는 사실을 알게 될 것이다.

Nun konnte er es sich so bequem machen, wie er wollte.

이제 그는 원하는 만큼 편안하게 지낼 수 있었다.

Gregors Beine surrten, als es Zeit zum Essen war.

식사 시간이 되자 그레고르의 다리는 쉴 새 없이 움직였다.

Bemerkenswert ist, dass er keinerlei Beschwerden mehr verspürte.

주목할 만한 점은 그가 더 이상 불편함을 느끼지 않았다는 것이다.

Seine Wunden müssen bereits vollständig verheilt sein.

그의 상처는 이미 완전히 나았을 것이다.

Weil er seine früheren Behinderungen nicht mehr spürte.

그는 더 이상 이전의 장애를 느끼지 않았기 때문입니다.

Seine neue Fähigkeit zu heilen überraschte und verblüffte ihn.

그에게 새로 생긴 치유 능력은 그 자신도 놀라게 하고 감탄하게 만들었다.

Vor mehr als einem Monat schnitt er sich mit einem Messer in den Finger.

한 달도 더 전에 그는 칼로 손가락을 베었다.

Bis vor zwei Tagen schmerzte ihn diese Wunde noch.

이틀 전까지만 해도 그 상처는 여전히 그를 아프게 했다.

„Bin ich jetzt viel weniger empfindlich?", dachte er bei sich.

"내가 이제 훨씬 덜 예민해진 걸까?" 그는 속으로 생각했다.

Inzwischen lutschte er gierig an dem Käse.

그는 이미 치즈를 게걸스럽게 빨아먹고 있었다.

Er fühlte sich vom Käse mehr angezogen als von den anderen Speisen.

그는 다른 음식들보다 치즈에 더 끌렸다.

Er aß schnell ein Stück Käse nach dem anderen.

그는 치즈를 한 조각씩 빠르게 먹어 치웠다.

Beim Genuss des Geschmacks traten ihm vor Zufriedenheit die Tränen in die Augen.

그 맛을 보고 만족감에 그의 눈에 눈물이 고였다.

Nach dem Käse aß er das Gemüse und die Soße.

치즈를 먹고 나서 그는 야채와 소스를 먹었다.

Das frische Essen schmeckte ihm jedoch nicht.

하지만 그 신선한 음식은 그의 입맛에 맞지 않았다.

Tatsächlich konnte er nicht einmal den Geruch von frischen Lebensmitteln ertragen.

사실 그는 갓 조리한 음식 냄새조차 견디지 못했다.

Er hat sogar die anderen Lebensmittel von den frischen Lebensmitteln weggezerrt.

그는 심지어 다른 음식들을 신선한 음식에서 멀리 끌어냈습니다.

Und im Nu hatte er auch noch das Essbare aufgegessen.

그리고 그는 아주 빠르게 먹을 만한 음식을 다 먹어치웠다.

Das ganze leckere Essen hatte eine schläfrig machende Wirkung auf ihn.

맛있는 음식들이 그에게 졸음을 유발하는 효과를 주었다.

Und er lag träge an der Stelle, wo er gegessen hatte.

그는 자기가 밥을 먹었던 자리에 나른하게 누워 있었다.

Schließlich kam seine Schwester zurück, um noch einmal nach ihm zu sehen.

결국 그의 여동생이 다시 그를 확인하러 돌아왔다.

Sie hatte die Weitsicht, den Schlüssel ganz langsam umzudrehen.

그녀는 열쇠를 아주 천천히 돌릴 생각을 했다.

Dies war für Gregor ein Warnsignal, sich zurückzuziehen.

이로써 그레고르는 철수해야 한다는 경고를 받았다.

Benommen und erschrocken huschte er zurück unter das Sofa.

어리둥절하고 깜짝 놀란 그는 서둘러 소파 밑으로 숨었다.

Doch diesmal war es nicht so einfach, unter dem Sofa zu bleiben.

하지만 이번에는 소파 밑에 숨어 있는 게 그렇게 쉽지는

않았습니다.

Sein Körper war durch das viele Essen etwas runder geworden.

그는 음식을 너무 많이 먹어서 몸이 약간 통통해졌다.

Und er musste sich beherrschen, nicht wieder auszulaufen.

그리고 그는 다시 뛰쳐나가고 싶은 충동을 억눌러야 했다.

Auch wenn die Schwester nicht lange im Zimmer blieb.

여동생은 방에 오래 머물지 않았지만.

In dem engen Raum rang er nach Luft.

그는 그 좁은 공간 아래에서 숨쉬기조차 힘들어했다.

Doch er überwand die kurzen Anfälle von Atemnot.

하지만 그는 잠깐씩 찾아오는 질식감을 이겨냈다.

Mit aufgerissenen Augen beobachtete er die Aktivitäten der Schwester.

그는 눈을 크게 뜨고 여동생의 행동을 지켜보았다.

Die ahnungslose Schwester schüttete alles in einen Eimer.

아무것도 모르는 여동생은 모든 것을 양동이에 쏟아부었다.

Sie entsorgte nicht nur das Essen, das Gregor nicht gegessen hatte.

그녀는 그레고르가 먹지 않은 음식을 버렸을 뿐만 아니라,

Aber sie entsorgte auch das Essen, das er nicht angerührt hatte.

하지만 그녀는 그가 손대지 않은 음식도 버렸다.

Offenbar war dieses Essen nun für niemanden mehr genießbar.

그 음식은 이제 아무도 먹을 수 없게 된 것 같았다.

Anschließend verschloss sie den Futtereimer mit einem Holzdeckel.

그녀는 나무 뚜껑으로 음식 통을 닫았다.

Und mit dem Essen, dem Eimer und dem Wischmopp ging sie.

그리고 그녀는 음식과 양동이, 걸레를 챙겨 떠났다.

Gregor hätte nicht mehr lange warten können.

그레고르는 더 이상 기다릴 수 없었을 것이다.

Sobald sie weg war, entkam er unter dem Sofa hervor.

그녀가 나가자마자 그는 소파 밑에서 재빨리 빠져나왔다.

Und er streckte sich aus und atmete erleichtert auf.

그는 몸을 쪽 뻗고 안도의 한숨을 내쉬었다.

So erhielt Gregor von nun an regelmäßig seine Nahrung.

그레고르는 이런 식으로 종종 음식을 구했습니다.

Seine Schwester gab ihm einmal früh am Morgen etwas zu essen.

그의 누나가 이른 아침에 그에게 음식을 한 번 주었다.

Zu dieser Stunde schliefen die Eltern und das Dienstmädchen noch.

이 시간에 부모님과 가정부는 아직 잠들어 있었다.

Und er erhielt eine zweite Mahlzeit, nachdem alle anderen bereits zu Mittag gegessen hatten.

그리고 그는 다른 사람들이 점심을 먹은 후에 두 번째 식사를 받았습니다.

Denn zu dieser Zeit schliefen die Eltern auch eine Weile.

그때 부모님도 잠시 주무셨기 때문입니다.

Und das Dienstmädchen wurde von der Schwester mit einer Besorgung weggeschickt.

그리고 하녀는 언니의 심부름 때문에 어딘가로 보내졌다.

Sie hatten ganz sicher nicht die Absicht, Gregor verhungern zu lassen.

그들은 그레고르를 굶겨 죽일 의도는 전혀 없었다.

Aber sie hätten ihm auch nicht beim Essen zusehen wollen.

하지만 그들도 그가 밥 먹는 모습을 보고 싶어 하지는 않았을 것이다.

Die Angaben der Schwester reichten als Information aus.

여동생이 말한 내용만으로도 충분한 정보였다.

Vielleicht war es ihre Art, den Eltern den Kummer zu ersparen.

어쩌면 그것은 부모님께 슬픔을 안겨드리지 않으려는 그녀의 방식이었을지도 모릅니다.

Sie hatten unter seinen Taten schon genug gelitten.

그들은 이미 그의 행동으로 충분히 고통받았다.

Der erste Tag verblasste langsam zu einer fernen Erinnerung.

첫날은 서서히 아득한 기억이 되어가고 있었다.

Gregor hatte keine Möglichkeit zu erfahren, was an diesem Tag geschah.

그레고르는 그날 무슨 일이 일어났는지 알 길이 없었다.

Wie wurde der Schlüsseldienstmitarbeiter aus der Wohnung geleitet?

열쇠공은 어떻게 아파트 밖으로 안내되었나요?

Mit welchen Ausreden war der Arzt schließlich zufrieden?

의사는 결국 어떤 변명을 듣고 납득했습니까?

Er hatte keinen Weg gefunden, sich verständlich zu machen.

그는 자신을 이해시킬 방법을 찾지 못했다.

Es gelang ihm nicht einmal, mit seiner Schwester zu kommunizieren.

그는 여동생과 연락조차 할 수 없었다.

Und so dachten sie, er könne sie nicht verstehen.

그래서 그들은 그가 자신들의 말을 이해하지 못한다고
생각했습니다.

Und deshalb wurde auch kein Versuch unternommen, mit ihm zu sprechen.

그래서 아무도 그에게 말을 걸려고 노력하지 않았습니다.

Seine Schwester kam jeden Morgen und jeden Mittag in sein Zimmer.

그의 여동생은 매일 아침과 점심에 그의 방으로 들어왔다.

Doch er musste sich damit begnügen, ihre Seufzer zu hören.

하지만 그는 그녀의 한숨 소리를 듣는 것으로 만족해야 했다.

Später gewöhnte sie sich dann doch etwas mehr an Gregors Gestalt.

나중에 그녀는 그레고르의 모습에 조금 더 익숙해졌다.

Und sie fühlte sich etwas freier, weitere Bemerkungen zu machen.

그리고 그녀는 좀 더 자유롭게 의견을 말할 수 있다고 느꼈습니다.

(Obwohl sie sich nie ganz an ihn gewöhnen würde.)

(물론 그녀는 그에게 완전히 익숙해지지는 않았다.)

Und dann fühlte sich Gregor wieder etwas mehr angesprochen.

그러자 그레고르는 다시 누군가에게 말을 걸어오는 듯한 느낌을
받았다.

Und er nahm wahr, was er als freundliche Kommentare empfand.

그리고 그는 자신이 우호적인 발언이라고 인식한 것들을
포착했습니다.

„Ihm hat das Essen heute geschmeckt" oder „Er hat alles aufgegessen".

"그는 오늘 음식을 맛있게 먹었다" 또는 "그는 남김없이 다
먹었다."

Das war aber erst der Fall, nachdem er sein gesamtes Essen aufgegessen hatte.

하지만 그건 그가 음식을 다 먹고 난 후에야 그랬다.

Doch in letzter Zeit kam dies immer seltener vor.

하지만 최근 들어 이런 일은 점점 드물어지고 있었습니다.

„Er hat sein Essen kaum angerührt", sagte sie jetzt immer öfter.

"그는 음식을 거의 먹지 않았어요." 그녀는 이제 더 자주 그렇게 말했다.

Und jedes Mal schwang ein Hauch von Traurigkeit in ihrer Stimme mit.

그녀의 목소리에는 매번 슬픔이 묻어났다.

Gregor konnte keine anderen Nachrichten direkter empfangen.

그레고르는 이보다 더 직접적으로 들을 수 있는 소식은 없었다.

Aber er hörte viele Neuigkeiten aus den angrenzenden Zimmern mit.

하지만 그는 옆방에서 들려오는 많은 소식을 우연히 듣게 되었다.

Als er Stimmen hörte, rannte er zur entsprechenden Tür.

그는 목소리가 들리자 해당 문으로 달려갔다.

Und er presste seinen ganzen Körper gegen die Tür, um zu hören.

그는 귀를 기울이기 위해 온몸을 문에 바짝 붙였다.

Alle Gespräche drehten sich in irgendeiner Weise um ihn.

모든 대화는 어떤 식으로든 그와 관련이 있었다.

Selbst wenn es scheinbar um etwas ganz anderes ging.

주제가 전혀 다른 것처럼 보일 때조차도.

Diese Beobachtung traf insbesondere in der Anfangszeit zu.

이러한 관찰은 특히 초창기에 두드러졌습니다.

Bei jeder Mahlzeit wiederholten sie die gleiche Diskussion.

그들은 매 식사 시간마다 똑같은 이야기를 반복했다.

Sie waren sich noch immer unsicher, wie sie sich ihm gegenüber verhalten sollten.

그들은 여전히 그에게 어떻게 행동해야 할지 확신하지 못했다.

Das gleiche Thema wurde aber auch zwischen den Mahlzeiten besprochen.

하지만 식사 시간 사이에도 같은 주제가 논의되었다.

Weil immer zwei Familienmitglieder zu Hause waren.

집에 항상 가족 구성원 두 명이 있었기 때문입니다.

Niemand wollte allein im Haus bleiben.

아무도 혼자 집에 있고 싶어하지 않았다.

Aber die Wohnung leer stehen zu lassen, kam auch nicht in Frage.

하지만 아파트를 비워두는 것도 불가능한 일이었다.

Das Dienstmädchen war die Einzige, die nicht an die Wohnung gebunden war.

가정부는 아파트에 얽매이지 않은 유일한 사람이었다.

Sie hatte bereits am ersten Tag darum gebeten, gehen zu dürfen.

그녀는 첫날부터 떠나겠다고 요청했었다.

Sie kniete nieder und flehte darum, entlassen zu werden.

그녀는 무릎을 꿇고 해고해 달라고 애원했다.

Die Familie wusste nicht, wie viel das Dienstmädchen tatsächlich wusste.

가족들은 가정부가 실제로 얼마나 알고 있는지 몰랐다.

Zu diesem Zeitpunkt hatte sie nicht mehr gesehen als alle anderen.

그 당시 그녀는 다른 사람들보다 더 많은 것을 본 것은 아니었다.

Was geschehen war, blieb der Familie weiterhin ein Rätsel.

무슨 일이 일어났는지는 가족들에게 여전히 미스터리였다.

Doch eine Viertelstunde später verabschiedete sie sich.

하지만 15분 후 그녀는 작별 인사를 했다.

Und sie dankte der Familie mit Tränen in den Augen.

그리고 그녀는 눈물을 글썽이며 가족들에게 감사를 표했습니다.

Aber eigentlich dankte sie ihnen dafür, dass sie sie freigelassen hatten.

하지만 사실 그녀는 자신을 풀어준 것에 대해 그들에게 감사했다.

Sie schienen ihr größte Freundlichkeit entgegengebracht zu haben.

그들은 그녀에게 지극한 친절을 베푼 것 같았다.

Sie leistete sogar einen Eid, ohne dazu aufgefordert worden zu sein.

그녀는 요청받지도 않았는데 맹세까지 했다.

Sie sagte, sie würde niemandem erzählen, was passiert war.

그녀는 일어난 일을 아무에게도 말하지 않겠다고 했다.

Nun musste die Schwester zusammen mit ihrer Mutter kochen.

이제 여동생은 어머니와 함께 요리를 해야 했다.

Das war aber keine allzu große Unannehmlichkeit.

하지만 사실 이것은 그다지 큰 불편함은 아니었습니다.

Weil die beiden sowieso fast nichts aßen.

어차피 그 둘은 거의 아무것도 안 먹었으니까.

Immer und immer wieder hörte Gregor dasselbe Gespräch mit.

그레고르는 똑같은 대화를 계속해서 엿듣게 되었다.

Einer der beiden sagte dem anderen, er müsse mehr essen.

한 사람이 다른 사람에게 더 많이 먹어야 한다고 말하고 있었다.

Diese Person erhielt jedoch keine Antwort von der betreffenden Person.

하지만 그 사람은 상대방으로부터 아무런 답변도 받지

못했습니다.

„Danke, ich habe genug", oder etwas Ähnliches.

"고맙습니다, 저는 충분합니다." 또는 이와 비슷한 말.

Vielleicht tranken sie auch gar nichts mehr.

어쩌면 그들도 더 이상 아무것도 마시지 않았을지도 몰라.

Die Schwester fragte ihren Vater oft, ob er Bier wolle.

여동생은 아버지에게 맥주를 드시고 싶냐고 자주 물었다.

Und sie bot freundlicherweise an, das Bier selbst zu holen.

그러자 그녀는 흔쾌히 직접 맥주를 가져다주겠다고 제안했다.

Der Vater schwieg auf ihre Bitte hin stets.

아버지는 그녀의 요청에 항상 침묵을 지켰다.

Die Schwester musste also einen Weg finden, jeden Zweifel auszuräumen.

그래서 여동생은 모든 의심을 없앨 방법을 찾아야 했다.

Und sie sagte, sie würde das Dienstmädchen losschicken, um Bier zu holen.

그러자 그녀는 하녀를 시켜 맥주를 가져오게 하겠다고 말했다.

Doch dann sagte der Vater schließlich ein lautes, deutliches „Nein".

하지만 그때 아버지는 마침내 크고 우렁찬 목소리로 "안 돼"라고 말했다.

Das Thema, dass er ein Bier trank, wurde danach nicht mehr erwähnt.

그러자 그가 맥주를 마셨다는 이야기는 더 이상 나오지 않았다.

Er hatte die finanzielle Situation bereits zuvor erläutert.

그는 이미 전에 재정 상황에 대해 설명했었습니다.

Tatsächlich sprach er schon am ersten Tag über Finanzen.

사실 그는 첫날부터 재정 문제를 언급했습니다.

Er machte ihnen die Aussichten deutlich.

그는 그들에게 앞으로의 전망이 어떠한지 분명히 알려주었다.

Sein eigenes Unternehmen war vor etwa fünf Jahren zusammengebrochen.

그의 사업은 약 5년 전에 망했다.

Hin und wieder stand er auf, um den Tisch zu verlassen.

그는 가끔씩 자리에서 일어나 테이블을 떠났다.

Und er ging zur Kasse seines alten Geschäfts.

그리고 그는 예전에 일했던 가게의 계산대로 갔다.

Aus Sentimentalität hatte er die Kasse aufgehoben.

그는 감상적인 마음에 계산대를 버리지 않고 보관해 두었다.

Gregor hörte, wie er ein schweres und kompliziertes Schloss öffnete.

그레고르는 그가 무겁고 복잡한 자물쇠를 푸는 소리를 들었다.

Und er holte Quittungen und Bücher aus der Kasse.

그는 금전함에서 영수증과 장부를 꺼냈다.

Nachdem er die Gegenstände an sich genommen hatte, schloss er die Geldkassette wieder ab.

그는 물건들을 챙긴 후 다시 금고를 잠갔다.

Gregor hatte seit seiner Gefangennahme keine guten Nachrichten mehr erhalten.

그레고르는 투옥된 이후로 좋은 소식을 전혀 듣지 못했다.

Er glaubte, das Geschäft habe seinen Vater in den Ruin getrieben.

그는 사업 때문에 아버지가 파산했다고 생각했다.

Dieser Eindruck war Gregor vom Vater sicherlich vermittelt worden.

아버지는 분명 그레고르에게 그런 인상을 주었다.

Und Gregor fragte ihn nie wieder nach den Finanzen.

그리고 그레고르는 그에게 재정 문제에 대해 더 이상 묻지 않았다.

Gregor wollte alles tun, was er konnte, um der Familie zu helfen.

그레고르는 그 가족을 돕기 위해 할 수 있는 모든 것을 하고 싶었다.

Er wollte ihnen helfen, das geschäftliche Unglück zu vergessen.

그는 그들이 사업 실패를 잊도록 돕고 싶었다.

Der Bankrott, der zur völligen Hoffnungslosigkeit führte.

완전한 절망을 가져온 파산.

So begann er mit einer ganz besonderen Leidenschaft zu arbeiten.

그래서 그는 아주 특별한 열정을 가지고 일을 시작했습니다.

Er war quasi über Nacht zum Handelsreisenden geworden.

그는 거의 하룻밤 사이에 순회 판매원이 되었다.

Davor hatte er lediglich als schlecht bezahlter Angestellter gearbeitet.

그 전에는 그는 그저 저임금 사무원으로 일했을 뿐이었다.

Nun boten sich ihm völlig andere Verdienstmöglichkeiten.

이제 그는 완전히 다른 수입 기회를 갖게 되었다.

Erfolgreiche Verkäufe konnten sofort in Bargeld umgewandelt werden.

판매가 성공적으로 이루어지면 즉시 현금으로 전환될 수 있습니다.

Das Geld wird natürlich aus seinen Provisionen ausgezahlt.

물론 현금은 그의 수수료에서 지급되는 것입니다.

Nun konnte Gregor Geld auf den Familientisch bringen.

이제 그레고르는 가족의 식탁에 돈을 올릴 수 있게 되었다.

Und sie waren erstaunt und erfreut über seinen Verdienst.

그들은 그의 수입에 놀라면서도 기뻐했다.

Aber diese schönen Zeiten werden sich nicht wiederholen.

하지만 그 아름다운 시절은 다시는 반복되지 않을 것이다.

Sie hatten sich gerade erst an diese schönen Zeiten gewöhnt.

그들은 이제 막 이런 좋은 시절에 익숙해졌을 뿐이었다.

Jeden Zahltag nahm die Familie das Geld dankbar entgegen.

가족들은 월급날마다 감사하는 마음으로 돈을 받았습니다.

Und Gregor war ebenso gern bereit, das Geld herauszugeben.

그리고 그레고르 역시 기꺼이 돈을 건네주었습니다.

Doch die im Gegenzug entgegengebrachte herzliche Zuneigung erlosch allmählich.

하지만 그에 대한 따뜻한 애정은 서서히 사라져 갔다.

Nur seine Schwester stand Gregor noch so nahe wie zuvor.

오직 그의 여동생만이 예전처럼 그레고르와 가까운 사이로 남았다.

Im Gegensatz zu Gregor hatte sie eine tiefe Wertschätzung für Musik.

그녀는 그레고르와는 달리 음악에 대한 깊은 애정을 가지고 있었다.

Und sie konnte sehr berührend Geige spielen.

그리고 그녀는 바이올린을 아주 감동적으로 연주할 줄 알았습니다.

Gregor plante insgeheim, sie auf eine Musikschule zu schicken.

그레고르는 몰래 그녀를 음악학교에 보낼 계획을 세웠다.

Er hatte noch nicht entschieden, wie er die Kosten decken würde.

그는 아직 경비를 어떻게 충당할지 결정하지 못했다.

Aber irgendwie würde er die Kosten decken.

하지만 그는 어떻게든 비용을 부담할 것이다.

Gelegentlich unternahmen Gregor und seine Familie Kurztrips.

그레고르와 가족들은 가끔 짧은 여행을 가곤 했습니다.

Gregor und seine Schwester sprachen oft über dieses Thema.

그레고르와 그의 여동생은 그 주제를 자주 꺼냈다.

Es wurde aber immer nur als eine wunderbare Idee erwähnt.

하지만 그것은 그저 훌륭한 아이디어로만 언급되었을 뿐입니다.

Sie glaubten nicht wirklich, dass der Traum in Erfüllung gehen könnte.

그들은 그 꿈이 실현될 수 있다고 진심으로 믿지 않았다.

Und den Eltern gefielen solche fantasievollen Ambitionen nicht.

그리고 부모님은 그런 허황된 포부를 좋아하지 않으셨습니다.

Selbst wenn das Thema ganz harmlos angesprochen wurde.

아주 순수한 의도로 이야기가 나왔을 때조차도요.

Gregor dachte aber weiterhin an die Musikschule.

하지만 그레고르는 계속해서 음악학교에 대해 생각했다.

Und er hatte vor, das Geschenk am Heiligabend anzukündigen.

그리고 그는 크리스마스 이브에 선물을 발표할 계획이었다.

In seinem jetzigen Zustand wäre das natürlich unmöglich.

물론 그의 현재 상태로는 불가능하겠죠.

Doch solche Gedanken gingen ihm durch den Kopf.

하지만 그런 생각들이 그의 머릿속을 스쳐 지나갔다.

Und solche Gedanken kamen ihm, während er der Familie zuhörte.

그는 가족들의 이야기를 들으면서 그런 생각들을 했다.

Manchmal war er zu müde, um ihnen weiter zuzuhören.

때때로 그는 너무 지쳐서 그들의 말을 계속 듣는 것이 힘들었다.

Vor Erschöpfung sank sein Kopf gegen die Tür.

그는 피로에 지쳐 머리를 문에 기대었다.

Doch er legte sofort wieder seinen Kopf gegen die Tür.

하지만 그는 곧바로 다시 문에 머리를 기댔다.

Denn selbst das leiseste Geräusch war draußen zu hören.

아주 작은 소음이라도 밖에서 들렸기 때문입니다.

Und jedes Geräusch, das er machte, brachte die Familie zum Schweigen.

그가 어떤 소음을 내더라도 가족들은 모두 조용해졌다.

„Was macht er denn jetzt?", fragte der Vater die Familie.

"지금 그는 뭘 하고 있나요?" 아버지가 가족에게 물었다.

Und er ging zur Tür, um nachzusehen, was das Geräusch verursachte.

그는 무슨 소리인지 확인하려고 문으로 갔다.

Und dann wurde das unterbrochene Gespräch allmählich wieder aufgenommen.

그러자 중단되었던 대화가 서서히 다시 이어졌다.

Was der Vater aber sagte, überraschte alle auf positive Weise.

하지만 아버지가 한 말은 모두를 놀라게 했다.

Gregor erfuhr nun den wahren Stand der Finanzen.

그레고르는 이제 재정 상황의 진정한 실체를 알게 되었다.

Trotz all des Unglücks gab es auch etwas Glück.

온갖 불행에도 불구하고, 다행스러운 일도 있었다.

Ein kleines Vermögen aus alten Zeiten war noch vorhanden.

옛날에 남겨진 아주 작은 재산이 아직 그곳에 있었다.

Der Vater erklärte die Dinge, musste sich aber wiederholen.

아버지는 상황을 설명했지만, 같은 말을 반복해야 했습니다.

Weil er sich eine Weile nicht mehr mit diesen Dingen befasst hatte.

그가 한동안 이런 문제들을 처리하지 않았기 때문입니다.

Und weil die Mutter solche Dinge nicht verstand.

어머니는 그런 것들을 이해하지 못하셨기 때문입니다.

Die Zinssätze der Bank waren etwas gestiegen.

은행 금리가 약간 올랐다.

Das unberührte Geld hatte sich stärker erhöht als erwartet.

사용하지 않은 자금이 예상보다 더 늘어났다.

Darüber hinaus hatte Gregor ihnen immer seine Ersparnisse gegeben.

게다가 그레고르는 항상 그들에게 자신의 저축금을 주었다.

Er hatte nur wenige Gulden für sich behalten.

그는 늘 자신을 위해 몇 길더밖에 남겨두지 않았다.

Und sein Geld war auch noch nicht vollständig aufgebraucht.

그리고 그의 돈도 아직 완전히 다 써버린 것은 아니었다.

Zusammen hatte sich dieses Geld zu einem kleinen Kapital angesammelt.

이 돈이 모여 작은 자본금을 이루었다.

Gregor nickte hinter seiner Tür eifrig zu der Nachricht.

그레고르는 방문 뒤에서 그 소식에 고개를 끄덕이며 기뻐했다.

Er war erfreut über diese unerwartete Vorsicht und Sparsamkeit.

그는 이러한 예상치 못한 신중함과 검소함에 만족했다.

Die überschüssigen Mittel hätten zur Tilgung der Schulden verwendet werden können.

잉여 자금은 부채 상환에 사용될 수 있었을 것이다.

Dann hätten sie dem Chef nichts mehr geschuldet.

그러면 그들은 더 이상 사장에게 아무것도 빚지지 않았을 것이다.

Und Gregor hätte schon viel früher eine neue Stelle annehmen können.

그리고 그레고르는 훨씬 더 빨리 새로운 직장으로 옮길 수도 있었습니다.

Aber so, wie der Vater es arrangiert hatte, war es jetzt viel besser.

하지만 아버지가 마련해 주신 방법은 이제 훨씬 더 나아졌다.

Das Geld reichte nicht ganz zum Leben von den Zinsen.

그 돈으로는 이자만으로는 생활하기에 충분하지 않았다.

Und ein Teil des Geldes musste für Notfälle zurückgelegt werden.

그리고 비상시에 대비해 일정 금액은 따로 떼어 놓아야 했습니다.

Das Geld hätte nur für ein oder zwei Jahre gereicht.

그 돈으로는 1년이나 2년 정도밖에 버틸 수 없었을 겁니다.

Das bedeutete, dass jemand Geld verdienen musste, damit sie leben konnten.

이는 그들이 살아가기 위해서는 누군가가 돈을 벌어야 한다는 것을 의미했습니다.

Der Vater war nicht krank und er war stark genug.

아버지는 건강에 이상이 없었고, 충분히 강인하셨다.

Doch er war seit mehr als fünf Jahren arbeitslos.

하지만 그는 5년 넘게 실직 상태였다.

Und aufgrund seines Alters hatte er kaum noch Selbstvertrauen.

그리고 나이 때문에 그는 자신감이 거의 남아 있지 않았습니다.

Er hatte in letzter Zeit auch deutlich an Gewicht zugenommen.

그는 최근 들어 살이 많이 쪘다.

Sein Leben war stets mühsam und erfolglos gewesen.

그의 삶은 언제나 고난으로 가득했고 성공적이지 못했다.

Und dies war der erste Urlaub, den er je verbracht hatte.

그리고 이것은 그가 생애 처음으로 갖게 된 휴가였다.

Und da er nicht beschäftigt war, war er ziemlich ungeschickt geworden.

할 일이 없으니 그는 꽤 서투르게 변해버렸다.

Wäre es besser, wenn die alte Mutter das Geld verdienen würde?

노모가 직접 돈을 버는 게 더 나을까요?

Die alte Mutter, die an Asthma litt.

천식을 앓고 있던 노모.

Die alte Mutter, die Mühe hatte, die Treppe hinaufzugehen.

계단을 오르는 데 힘겨워하는 노모.

Die alte Mutter, die ihre Zeit damit verbrachte, auf dem Sofa zu liegen.

소파에 누워 시간을 보내는 노모.

Die alte Mutter, die es vorzog, am Fenster zu sitzen.

창가에 앉아 있기를 좋아하던 노모.

Damit sie bei Bedarf durchatmen konnte.

숨을 고를 필요가 있을 때 숨을 고를 수 있도록 하기 위해서였다.

Wäre es besser, wenn die jüngere Schwester das Geld verdienen würde?

여동생이 돈을 버는 게 더 나을까요?

Die Schwester, die mit siebzehn Jahren noch ein Kind war.

그 여동생은 열일곱 살이었지만 여전히 어린아이에 불과했다.

Die Schwester, die nur wenige, bescheidene Freuden hatte.

소박한 즐거움 몇 가지밖에 누리지 못했던 여동생.

Die Schwester, die am liebsten Geige spielte.

주로 바이올린 연주를 즐겼던 여동생.

Sie wusste, dass ihr bisheriger Lebensstil sehr beneidenswert war;

그녀는 자신의 이전 생활 방식이 매우 부러웠다는 것을 알고 있었다.

Sich schick anziehen, ausschlafen, im Haushalt helfen.

옷을 잘 차려입고, 늦잠 자고, 집안일을 돕는 것.

Das Gespräch drehte sich oft um die Notwendigkeit, Geld zu verdienen.

대화는 종종 돈을 벌어야 한다는 필요성에 대한 이야기로 이어졌다.

Gregor war immer der Erste, der die Tür losließ.

그레고르는 언제나 제일 먼저 문을 놓는 사람이었다.

Das Gespräch erfüllte ihn mit Scham und Trauer.

그 대화는 그에게 수치심과 슬픔을 안겨주었다.

Also warf er sich auf das kühle Ledersofa.

그래서 그는 식어가는 가죽 소파에 몸을 던졌다.

Und den Rest der Nacht verbrachte er oft auf dem Sofa.

그리고 그는 종종 밤의 나머지 시간을 소파에서 보냈습니다.

Er hat nie wirklich auf dem Sofa geschlafen, auch nicht nachts.

그는 소파에서 잠을 잔 적이 거의 없었고, 밤에도 마찬가지였다.

Oft kratzte er stundenlang an dem Leder.

그는 종종 몇 시간이고 가죽을 긁적거렸다.

Manchmal schob er den Sessel ans Fenster.

그는 가끔 안락의자를 창가로 밀어놓기도 했다.

Allein dies erforderte von seiner Seite einen erheblichen Aufwand.

이것만으로도 그는 상당한 노력을 기울여야 했다.

Der Sessel half ihm, auf die Fensterbank zu klettern.

안락의자는 그가 창틀 위로 기어 올라가는 데 도움이 되었다.

Und von dort aus konnte er sich ans Fenster lehnen.

그리고 그는 그곳에서 창문에 기대설 수 있었다.

Er empfand dabei stets ein großes Gefühl der Freiheit.

그는 예전에 이렇게 할 때 큰 자유를 느끼곤 했다.

Vielleicht suchte er nach einem alten, befreienden Gefühl.

어쩌면 그는 예전에 느꼈던 해방감을 되찾고 싶었던 걸지도 몰라.

Doch seine Sehkraft war nicht mehr so scharf wie früher.

하지만 그의 시력은 예전만큼 좋지 않았다.

Dinge in geringer Entfernung waren verschwommen und undeutlich.

조금 떨어진 사물들은 흐릿하고 불분명했다.

Er konnte das Krankenhaus auf der anderen Straßenseite nicht mehr sehen.

그는 더 이상 길 건너편 병원을 볼 수 없었다.

Vorher hatte er den Anblick verflucht, jetzt wollte er ihn sehen.

전에는 그 경치를 저주했던 그가 이제는 보고 싶어졌다.

Er wusste, dass er in der ruhigen, städtischen Charlottenstraße wohnte.

그는 자신이 조용하고 한적한 도심 거리인 샬로텐슈트라세에

살고 있다는 것을 알고 있었다.

Aber vielleicht dachte er, er blicke in die Wüste.

하지만 그는 자신이 사막을 보고 있다고 생각했을지도 모릅니다.

Eine Ödnis, wo grauer Himmel und graue Erde verschmolzen.

회색 하늘과 회색 땅이 하나로 합쳐진 황무지.

Zweimal bemerkte die aufmerksame Schwester, dass der Stuhl verschoben worden war.

세심한 언니는 의자가 움직인 것을 두 번이나 알아챘다.

Nachdem sie aufgeräumt hatte, schob sie den Stuhl zurück ans Fenster.

정리를 마친 그녀는 의자를 창가 쪽으로 밀어 놓았다.

Und von nun an ließ sie sogar den Fensterflügel offen.

그리고 그녀는 이제부터 창틀을 열어둔 채로 다녔다.

Gregor wünschte sich sehr, er hätte mit seiner Schwester sprechen können.

그레고르는 여동생과 이야기를 나눌 수 있었으면 하고 진심으로 바랐다.

Er wollte ihr für alles danken, was sie für ihn getan hatte.

그는 그녀가 자신을 위해 해준 모든 것에 대해 감사를 표하고 싶었다.

Dann hätte er ihre Dienste leichter toleriert.

그랬다면 그는 그들의 서비스를 훨씬 더 쉽게 받아들였을 것이다.

Doch so wie die Dinge standen, litt er darunter, dass sie ihm half.

하지만 상황은 오히려 그녀의 도움 때문에 그가 고통받게 되었다.

Die Schwester versuchte natürlich, die Peinlichkeit zu überspielen.

여동생은 당연히 당황스러움을 감추려고 애썼다.

Und sie tat ihr Bestes, so zu tun, als ob sie sich nicht belastet fühlte.

그리고 그녀는 부담감을 느끼지 않는 척 최선을 다했다.

Natürlich musste sie das erst einmal üben.

물론 이것은 그녀가 먼저 연습해야 했던 일이었다.

Und je mehr Zeit verging, desto besser wurde sie darin.

시간이 흐를수록 그녀는 점점 더 능숙해졌다.

Gregor erhielt jedoch auch mehr Zeit, um ihr Täuschungsmanöver zu durchschauen.

하지만 그레고르는 그녀의 가식을 알아챌 시간을 더 얻게 되었다.

Schon das Betreten seines Zimmers durch sie war für ihn eine Tortur.

그녀가 그의 방에 들어오는 것조차 그에게는 고통스러운
일이었다.

Kaum war sie eingetreten, rannte sie direkt zum Fenster.
그녀는 들어오자마자 곧장 창문으로 달려갔다.

Sie nahm sich nicht einmal die Zeit, die Tür zu schließen.
그녀는 문을 닫을 시간조차 없었다.

**Normalerweise ersparte sie allen den Anblick von Gregors
Zimmer.**
평소 그녀는 누구에게도 그레고르의 방을 보여주지 않으려고
애썼다.

Und mit hastigen Händen riss sie das Fenster auf.
그녀는 서둘러 창문을 확 열어젖혔다.

Dann atmete sie wieder, als ob sie erstickt wäre.
그러자 그녀는 마치 숨이 막혔던 것처럼 다시 숨을 쉬었다.

Die einströmende Luft war kalt, und sie atmete tief durch.
들어오는 공기가 차가워서 그녀는 깊이 숨을 들이쉬었다.

Dennoch blieb sie noch eine Weile am Fenster stehen.
하지만 그럼에도 불구하고 그녀는 한동안 창가에 머물렀다.

Mit dieser Routine ängstigte sie Gregor zweimal täglich.
그녀는 이런 행동으로 하루에 두 번씩 그레고르를 놀라게 했다.

Während sie im Zimmer war, zitterte er unter dem Sofa.
그녀가 방에 있는 동안 그는 소파 밑에서 떨고 있었다.

Er wusste, dass sie ihm diese Tortur gern erspart hätte.
그는 그녀가 자신에게 그런 시련을 겪게 하지 않으려 했을 거라는
걸 알고 있었다.

**Aber sie konnte nicht in dem Zimmer sein, wenn das
Fenster geschlossen war.**
하지만 그녀는 창문이 닫힌 방에 있을 수 없었다.

Einmal kam sie etwas früher.
한번은 그녀가 평소보다 조금 일찍 온 적이 있었어요.

Vermutlich etwa einen Monat nach Gregors Verwandlung.

아마 그레고르가 변신한 지 한 달쯤 후일 겁니다.

Sie hatte sich ein wenig an sein neues Aussehen gewöhnt.

그녀는 그의 새로운 모습에 어느 정도 익숙해져 있었다.

Sie hatte also keinen Grund mehr, besonders schockiert zu sein.

그래서 그녀는 더 이상 특별히 놀랄 이유가 없었다.

Sie fand ihn immer noch regungslos aus dem Fenster starrend vor.

그녀는 그가 여전히 창밖을 멍하니 바라보고 있는 것을 발견했다.

Er befand sich am schrecklichsten Ort, an dem er hätte sein können.

그는 최악의 상황에 처해 있었다.

Er wäre nicht überrascht gewesen, wenn sie nicht hereingekommen wäre.

그녀가 들어오지 않았더라도 그는 놀라지 않았을 것이다.

Er hinderte sie daran, das Fenster zu öffnen.

그는 그녀가 창문을 여는 것을 막았다.

Sie verließ schnell wieder das Zimmer und schloss die Tür.

그녀는 재빨리 방을 나가 문을 닫았다.

Ein Fremder hätte zu allen möglichen Schlussfolgerungen gelangen können.

낯선 사람은 온갖 결론을 내릴 수 있었을 것이다.

Vielleicht wartete er nur auf die Gelegenheit, sie zu beißen.

어쩌면 그는 그녀를 물 기회를 기다리고 있었던 것일지도 모른다.

Gregor versteckte sich natürlich sofort unter dem Sofa.

그레고르는 당연히 즉시 소파 밑으로 숨었다.

Doch er musste bis Mittag warten, bis seine Schwester zurückkehrte.

하지만 그는 여동생이 돌아올 때까지 정오까지 기다려야 했다.

Und sie wirkte viel unruhiger als sonst.

그리고 그녀는 평소보다 훨씬 더 안절부절못하는 것처럼 보였다.

Ihm wurde klar, dass der Anblick von ihm immer noch unerträglich war.

그는 그 남자의 모습이 여전히 견딜 수 없을 만큼 끔찍하다는 것을 깨달았다.

Der Anblick von ihm würde für sie weiterhin unerträglich bleiben.

그녀에게 그의 모습은 영원히 견딜 수 없는 광경으로 남을 것이다.

Sie konnte es wahrscheinlich nicht ertragen, auch nur einen Teil von ihm zu sehen.

그녀는 아마 그의 어떤 부분도 차마 볼 수 없었을 것이다.

Ein kleines Teil ragte immer unter dem Sofa hervor.

소파 밑으로 작은 부분이 항상 튀어나와 있었다.

Eines Tages trug er ein Bettlaken auf dem Rücken zum Sofa.

어느 날 그는 침대 시트를 등에 메고 소파로 갔다.

Er wollte verhindern, dass sie irgendetwas von ihm sah.

그는 그녀가 자신의 어떤 부분도 보지 못하게 하고 싶었다.

Er richtete das Bettlaken so aus, dass er vollständig verdeckt war.

그는 자신의 몸이 완전히 가려지도록 침대 시트를 정리했다.

Selbst wenn sie sich bückte, könnte sie ihn nicht sehen.

그녀가 몸을 굽혀도 그를 볼 수 없을 것이다.

Für Gregor dauerte die gesamte Arbeit mehr als drei Stunden.

그 모든 작업에 그레고르는 세 시간 이상을 들였다.

Möglicherweise hielt sie das Bettlaken für überflüssig.

그녀는 침대 시트가 필요 없다고 생각했을지도 모른다.

Sie hätte gewusst, dass er das Bettlaken nicht wollte.

그녀는 그가 침대 시트를 원하지 않는다는 것을 알았을 것이다.

Er tat es zu ihrem Wohlbefinden und nicht für sich selbst.

그는 그녀를 편안하게 해주려고 그렇게 한 것이지, 자신을 위해서 한 것이 아니었다.

Und sie hätte das Bettlaken abnehmen können, wenn sie gewollt hätte.

그리고 그녀는 원했다면 침대 시트를 벗을 수도 있었다.

Aber sie ließ das Bettlaken dort, wo Gregor es hingelegt hatte.

하지만 그녀는 그레고르가 놓아둔 침대 시트를 그대로 두었다.

Und Gregor glaubte sogar, einen dankbaren Blick erhascht zu haben.

그리고 그레고르는 상대방이 고마워하는 눈빛을 보냈다고 생각했다.

Er hatte das Bettlaken vorsichtig mit dem Kopf angehoben.

그는 머리로 침대 시트를 살며시 들어 올렸다.

Er wollte herausfinden, ob seiner Schwester die Vereinbarung gefiel.

그는 여동생이 그 상황을 좋아하는지 확인하고 싶었다.

Die ersten zwei Wochen waren für die Eltern am schwierigsten.

처음 두 주는 부모들에게 가장 힘든 시기였습니다.

Sie brachten es nicht übers Herz, hereinzukommen und ihn zu sehen.

그들은 차마 안으로 들어와 그를 만날 수 없었다.

Er belauschte in dieser Zeit viele ihrer Gespräche.

그는 그 당시 그들의 대화를 많이 엿들었다.

Sie nahmen alles, was die Schwester tat, voll und ganz zur Kenntnis.

그들은 여동생이 하는 모든 일을 완전히 인정했습니다.

Auch wenn sie früher oft verärgert über sie waren.

비록 그들은 예전에는 그녀에게 자주 짜증을 냈지만.

Weil sie ein ziemlich nutzloses Mädchen gewesen zu sein schien.

그녀가 다소 쓸모없는 소녀처럼 보였기 때문입니다.

Nun warteten sie auf der anderen Seite des Raumes.

이제 방 건너편에서 기다리는 건 그들의 차례였다.

Und sie war es, die den Raum betrat, um alles zu erledigen.

그리고 그 방에 들어가서 모든 일을 처리한 사람은 바로

그녀였습니다.

Sobald sie herauskam, wollten sie alles wissen.

그녀가 나오자마자 그들은 모든 것을 알고 싶어 했다.

Sie musste ihnen genau beschreiben, wie das Zimmer aussah.

그녀는 그들에게 방이 어떻게 생겼는지 정확하게 설명해야 했다.

„Was hat Gregor gegessen? Wie hat er sich diesmal verhalten?"

"그레고르는 뭘 먹었지? 이번에는 어떻게 행동했어?"

„War vielleicht eine leichte Verbesserung zu bemerken?"

"혹시라도 눈에 띄는 약간의 개선점이 있었을까요?"

Die Mutter war übrigens tatsächlich mutiger.

그런데 사실 어머니가 더 용감했어요.

Und natürlich war es ihr eigener Sohn im Zimmer.

물론 방 안에 있던 사람은 바로 그녀의 아들이었다.

Sie wollte Gregor eigentlich schon bald besuchen.

사실 그녀는 비교적 빠른 시일 내에 그레고르를 방문하고

싶어했다.

Doch der Vater und die Schwester hielten sie zunächst zurück.

하지만 아버지와 누나가 처음에는 그녀를 말렸습니다.

Sie brachten sehr rationale Argumente dafür vor, dass sie nicht gehen sollte.

그들은 그녀가 가지 말아야 할 매우 합리적인 이유들을 제시했다.

Gregor hörte ihren Argumenten sehr aufmerksam zu.

그레고르는 그들의 논리를 매우 주의 깊게 들었다.

Und er akzeptierte die Argumentation genauso wie seine Mutter.

그리고 그는 어머니와 마찬가지로 그 이유를 받아들였다.

Später musste sie jedoch mit Gewalt zurückgehalten werden.

하지만 나중에 그녀는 강제로 제지당해야 했다.

"Lasst mich zu Gregor hinein, er ist mein unglücklicher Sohn!"

"그레고르를 안으로 들여보내 주세요. 그는 제 불쌍한

아들입니다!"

"Verstehst du denn nicht, dass ich ihn aufsuchen muss?"

"내가 그를 만나러 가야 한다는 걸 모르겠어?"

Gregor ließ sich ebenfalls von den Argumenten seiner Mutter überzeugen.

그레고르 역시 어머니의 주장에 설득되었다.

Vielleicht hatte sie recht; es wäre gut, wenn sie hereinkäme.

어쩌면 그녀 말이 맞을지도 몰라. 그녀가 들어오면 좋을 거야.

Ihn jeden Tag zu besuchen, wäre viel zu viel.

매일 그를 보러 가는 건 너무 힘들 것 같다.

Aber ihn vielleicht einmal pro Woche zu sehen, könnte genügen.

하지만 일주일에 한 번 정도 만나는 것으로도 충분할지도 몰라요.

Sie versteht die Dinge vielleicht viel besser als die Schwester.

그녀는 언니보다 상황을 훨씬 더 잘 이해할지도 몰라요.

Trotz all ihres Mutes war sie doch nur ein Kind.

그토록 용감했음에도 불구하고, 그녀는 여전히 어린아이에

불과했다.

Vielleicht war es kindliche Unbekümmertheit, die sie dazu veranlasste, diese Aufgabe anzunehmen.

어쩌면 어린아이 같은 무모함 때문에 그 일을 맡았을지도 모른다.

Doch Gregors Wunsch, seine Mutter wiederzusehen, ging bald in Erfüllung.

하지만 그레고르가 어머니를 보고 싶어 했던 소원은 곧 이루어졌습니다.

Tagsüber hielt sich Gregor vom Fenster fern.

낮 동안 그레고르는 창문에서 멀리 떨어져 있었다.

Dies tat er aus Rücksicht auf seine Eltern.

그는 부모님을 생각해서 그렇게 했습니다.

Er hatte nicht viel Platz, um auf dem Boden herumzukriechen.

그는 바닥을 기어 다닐 공간이 많지 않았다.

Es fiel ihm schwer, nachts still zu liegen.

그는 밤에 가만히 누워 있는 것을 어려워했다.

Das Essen bereitete ihm nicht einmal mehr die geringste Freude.

그는 더 이상 먹는 것에서 조금도 즐거움을 느끼지 못했다.

Natürlich musste er sich irgendwie ablenken.

당연히 그는 어떻게든 주의를 다른 데로 돌릴 방법을 찾아야 했다.

Um sich die Zeit zu vertreiben, kletterte er die Wände rauf und runter.

심심풀이로 그는 벽을 기어올랐다.

Und er kroch auch kopfüber an der Decke entlang.

그리고 그는 거꾸로 매달린 채 천장을 기어 다니기도 했습니다.

Besonders glücklich war er, als er von der Decke hing.

그는 천장에 매달려 있을 때 특히 행복해했다.

Es war etwas völlig anderes, als auf dem Boden zu liegen.

바닥에 누워있는 것과는 완전히 달랐다.

In dieser Position fiel ihm das Atmen deutlich leichter.

그는 이 자세에서 숨쉬기가 훨씬 편하다는 것을 알았다.

Ein leichtes, aber angenehmes Kribbeln durchfuhr seinen Körper.

미미하지만 기분 좋은 진동이 그의 몸을 타고 흘러갔다.

Manchmal gab er sich seinem Glück sogar zu sehr hin.

때때로 그는 행복에 너무 푹 빠져버리기도 했다.

Manchmal ließ er sich ablenken und ließ die Decke los.

그는 가끔씩 주의가 산만해져서 천장에서 손을 놓곤 했다.

Und zu seiner eigenen Überraschung landete er wieder auf dem Boden.

그리고 놀랍게도 그는 다시 땅에 착지했다.

Aber er hatte seinen Körper deutlich besser unter Kontrolle als zuvor.

하지만 그는 이전보다 훨씬 더 몸을 잘 제어할 수 있게 되었다.

So verletzte er sich nun nicht mehr bei so heftigen Stürzen.

그래서 그는 이제 그런 큰 낙상으로도 다치지 않았습니다.

Die Schwester bemerkte sofort Gregors neue Freude.

여동생은 그레고르가 새롭게 즐거워하는 모습을 즉시 알아챘다.

Und dort, wo er gekrochen war, waren Klebstoffreste zu sehen.

그가 기어간 자리에는 접착제의 흔적이 남아 있었다.

Auch hier dachte die Schwester an Gregors Wohlbefinden.

이때에도 여동생은 그레고르의 건강을 생각했다.

Vielleicht würde er mehr Platz zum Herumkriechen begrüßen.

아마 그는 기어 다닐 공간이 더 넓으면 좋아할 거예요.

Und der Gedanke hatte sich fest in ihrem Kopf verankert.

그리고 그 생각은 그녀의 머릿속에 확고히 자리 잡았다.

Einige der großen Möbelstücke behinderten seine Bewegungsfreiheit.

일부 큰 가구 때문에 그의 자유로운 움직임이 제한되었다.

Da er nicht mehr arbeitete, brauchte er den Schreibtisch nicht mehr.

그는 더 이상 일을 하지 않았기 때문에 책상이 필요 없었다.

Und die Schachtel nahm auch mehr Platz ein als nötig. ***

그리고 그 상자는 필요 이상으로 공간을 많이 차지했어요.

Die Schwester war nicht in der Lage, diese Dinge allein zu bewegen.

여동생은 혼자서는 이 물건들을 옮길 수 없었다.

Natürlich wagte sie es nicht, den Vater um Hilfe zu bitten.

물론 그녀는 감히 아버지에게 도움을 요청할 엄두를 내지 못했다.

Das Dienstmädchen hätte ihr sicherlich auch nicht geholfen.

하녀도 분명 그녀를 도와주지 않았을 것이다.

Das neue Dienstmädchen war tatsächlich ein Jahr jünger als sie.

새로 온 가정부는 실제로 그녀보다 한 살 어렸다.

Sie hatte mutig die Rolle der ehemaligen Magd übernommen.

그녀는 용감하게 예전 가정부의 역할을 맡았다.

Doch ein Privileg wollte sie unbedingt haben.

하지만 그녀가 꼭 누려야 한다고 고집했던 특권이 하나 있었다.

Sie wollte die Küche stets verschlossen halten.

그녀는 부엌 문을 항상 잠가두고 싶어했다.

Daher blieb der Schwester nichts anderes übrig, als ihre Mutter zu fragen.

그래서 여동생은 어머니에게 물어볼 수밖에 없었다.

Unter Freudenschreien kam die Mutter herbei, um zu helfen.

어머니는 기쁨에 찬 비명을 지르며 도와주러 달려왔다.

Doch an der Tür zu Gregors Zimmer verstummte sie.

하지만 그녀는 그레고르의 방 문 앞에서 아무 말도 하지 못했다.

Die Schwester überprüfte, ob im Zimmer alles in Ordnung war.

수녀는 방 안의 모든 것이 괜찮은지 확인했다.

Gregor hatte das Bettlaken hastig noch straffer gezogen.

그레고르는 급히 침대 시트를 더욱 팽팽하게 당겼다.

Obwohl das Bettlaken immer noch willkürlich angeordnet aussah.

침대 시트는 여전히 아무렇게나 정리된 것처럼 보였다.

Erst dann ließ sie ihre Mutter ins Zimmer.

그러고 나서야 그녀는 어머니를 방으로 들어오게 했다.

Gregor verzichtete auch darauf, unter dem Laken hervorzuspähen.

그레고르는 이불 밑에서 몰래 엿보는 행위도 삼갔다.

Er beschloss, diesmal auf einen Besuch bei seiner Mutter zu verzichten.

그는 이번에는 어머니를 만나지 않기로 결정했다.

Gregor war schon froh genug, dass sie überhaupt gekommen war.

그레고르는 그녀가 와준 것만으로도 충분히 기뻤다.

„Komm herein, du kannst ihn nicht sehen", sagte die Schwester.

"들어와, 넌 그를 볼 수 없어."라고 여동생이 말했다.

Gregor nahm an, dass sie ihre Mutter an der Hand führte.

그레고르는 그녀가 어머니의 손을 잡고 이끌고 갔을 거라고 짐작했다.

Dann hörte er, wie die beiden schwachen Frauen die Möbel verrückten.

그때 그는 연약한 두 여자가 가구를 옮기는 소리를 들었다.

Die Schwester schien den größten Teil der Arbeit für sich zu beanspruchen.

언니는 대부분의 일을 자기가 다 하는 것처럼 보였다.

Ihre Mutter befürchtete, sie würde sich überanstrengen.

어머니는 딸이 과로할까 봐 걱정했다.

Doch die Schwester schenkte diesen Warnungen keine Beachtung.

하지만 그 여동생은 이러한 경고를 전혀 heed하지 않았다.

Doch auch nach fünfzehn Minuten ging es nur sehr langsam voran.

하지만 15분이 지나도 진행 속도는 매우 느렸습니다.

Es war ihnen nicht gelungen, die Möbel weit zu bewegen.

그들은 가구를 멀리 옮기지 못했다.

Langsam beschlich sie ein Gefühl der Niederlage.

그들은 서서히 패배감을 느끼기 시작했다.

Die Mutter war die Erste, die die Sinnlosigkeit eingestand.

어머니는 그 노력이 헛되다는 것을 가장 먼저 인정했다.

"Vielleicht wäre es besser, die Schachtel hier zu lassen."

"상자를 여기에 두고 가는 게 나을 것 같네요."

„Die Kiste ist zu schwer, als dass wir sie noch viel weiter bewegen könnten.“

"상자가 너무 무거워서 더 이상 옮기기가 어렵습니다."

„Und wir werden nicht fertig sein, bevor dein Vater eintrifft.“

"그리고 당신 아버지가 오시기 전까지는 끝내지 않을 겁니다."

„Wenn wir die Kiste hier lassen würden, würde das seinen Weg nur noch mehr versperren.“

"상자를 여기에 두면 그의 길을 더욱 막을 것입니다."

Und können wir sicher sein, dass wir ihm damit einen Gefallen tun?

"우리가 그에게 호의를 베풀고 있는 거라고 확신할 수 있을까요?"

Sie begannen zu glauben, dass das Gegenteil durchaus der Fall sein könnte.

그들은 정반대가 사실일지도 모른다고 생각하기 시작했다.

Der Anblick der leeren Wand lastete schwer auf ihrem Herzen.

텅 빈 벽을 바라보니 그녀의 마음이 무거워졌다.

Was spricht dagegen, dass Gregor das auch so empfinden würde?

그레고르도 같은 생각을 하지 않을 거라고 누가 장담할 수 있겠어요?

„Er hat sich bereits an die Möbel in seinem Zimmer gewöhnt.“

"그는 이미 자기 방에 있는 가구에 익숙해졌어요."

„In einem leeren Zimmer könnte er sich noch verlassener fühlen."

"그는 텅 빈 방에서 더욱 버림받았다고 느낄지도 모릅니다."

Ihre Stimme war inzwischen fast zu einem Flüstern gesunken.

이제 그녀의 목소리는 거의 속삭임에 가까워졌다.

Sie wusste tatsächlich nicht, wo sich Gregor genau aufhielt.

그녀는 사실 그레고르의 정확한 행방을 알지 못했다.

Sie wollte nicht einmal, dass er ihre Stimme hörte.

그녀는 그가 자신의 목소리조차 듣지 않기를 바랐다.

Obwohl sie sich sicher war, dass er sie nicht verstand.

그녀는 그가 자신을 이해하지 못할 거라고 확신했다.

„Würde es nicht so aussehen, als hätten wir ihn völlig aufgegeben?"

"우리가 그를 완전히 포기한 것처럼 보이지 않을까요?"

"Wird er nicht das Gefühl haben, dass wir ihn mit der Situation allein lassen?"

"그는 우리가 그를 혼자 감당하게 내버려 둔다고 느끼지

않을까요?"

„Wir sollten den Raum genau so verlassen, wie er war."

"우리는 방을 원래 모습 그대로 두고 나가야 합니다."

„Irgendwann wird Gregor zu uns zurückkehren, so wie er war."

"결국 그레고르는 예전처럼 우리에게 돌아올 거예요."

„Dann wird er feststellen, dass alles noch an seinem Platz ist."

"그러면 그는 모든 것이 여전히 제자리에 있음을 알게 될 것이다."

„Und er wird die Übergangszeit viel leichter vergessen."

"그리고 그는 그 과도기를 훨씬 더 쉽게 잊을 것입니다."

Als Gregor diese Worte hörte, begriff er etwas.

그레고르는 이 말을 듣고 무언가를 깨달았다.

Sein Verstand war in den letzten zwei Monaten verwirrt worden.

지난 두 달 동안 그의 정신은 혼란스러워졌다.

Der Mangel an menschlicher Interaktion hatte ihm nicht gutgetan.

인간관계의 부재는 그에게 좋지 않았다.

Er brauchte das eintönige Leben im Kreise seiner Familie wirklich.

그는 진정으로 가족과 함께하는 단조로운 삶이 필요했다.

Warum sonst hätte er eine solch unsinnige Forderung gestellt?

그렇지 않고서야 왜 그가 그런 터무니없는 요구를 했겠는가?

Welchen Sinn sollte es denn haben, sein Zimmer zu räumen?

그의 방을 비우는 게 대체 무슨 의미가 있었을까?

Das gemütliche Zimmer war mit geerbten Möbeln eingerichtet.

물려받은 가구로 꾸며진 아늑한 방.

Warum sollte er diese bekannte Wärme in eine Höhle verwandeln wollen?

그는 왜 이 익숙한 온기를 동굴로 바꾸고 싶어할까요?

Eine Höhle, in der er ungestört in alle Richtungen kriechen konnte.

그가 마음 편히 사방으로 기어 다닐 수 있는 동굴.

Doch in einer Höhle vergaß er rasch seine menschliche Vergangenheit.

하지만 그는 동굴 속에서 인간 시절의 기억을 빠르게 잊어버렸다.

Er fragte sich, ob er schon kurz davor war, alles zu vergessen.

그는 자신이 이미 기억을 잃어가고 있는 건 아닌지 궁금해졌다.

Die Stimme seiner Mutter hatte ihn aufgerüttelt und seine Erinnerung wachgerufen.

어머니의 목소리가 그를 흔들어 깨워 기억을 되살려냈다.

Die Stimme, die er so lange nicht gehört hatte.

그가 아주 오랫동안 듣지 못했던 목소리였다.

Nichts durfte entfernt werden; alles musste bleiben.

아무것도 제거해서는 안 되며, 모든 것이 그대로 남아 있어야 했다.

Die Möbel wirkten sich positiv auf seinen Zustand aus.

가구는 그의 상태에 긍정적인 영향을 미쳤다.

Und ohne diesen Anker zur Vergangenheit konnte er nicht zurechtkommen.

그리고 그는 과거와의 연결고리가 없이는 버틸 수 없었다.

Die Möbel hinderten ihn daran, sinnlos herumzukriechen.

가구 때문에 그는 생각 없이 기어 다닐 수 없었다.

Das war aber kein Verlust, sondern vielmehr ein großer Vorteil.

하지만 그것은 손실이 아니라 오히려 큰 이점이었습니다.

Leider hatte die Schwester eine ganz andere Meinung.

하지만 안타깝게도 여동생은 전혀 다른 의견을 가지고 있었습니다.

Sie war gewissermaßen zu einer Sprecherin Gregors geworden.

그녀는 어찌 보면 그레고르의 대변인 역할을 하게 되었다.

Natürlich war ihre Meinung nicht völlig unberechtigt.

물론 그녀의 의견이 완전히 틀린 것은 아니었습니다.

Doch der Meinung ihrer Mutter musste hier widersprochen werden.

하지만 이 부분에서는 어머니의 의견에 반박해야 했습니다.

Es war nicht nur die Kiste, die nun entfernt werden musste.

이제 치워야 할 것은 상자뿐만이 아니었다.

Sein Schreibtisch und der Kleiderschrank konnten ebenfalls nicht bleiben.

그의 책상과 옷장도 그대로 둘 수는 없었다.

Das Einzige, was unverzichtbar war, war das Sofa.

유일하게 없어서는 안 될 것은 소파였다.

Sie hat diese Entscheidung nicht aus kindischem Trotz getroffen.

그녀가 이런 결정을 내린 것은 단순히 어린아이 같은 반항심 때문이 아니었다.

Es lag auch nicht an ihrem erst kürzlich gewonnenen Selbstvertrauen.

그녀가 최근에 얻은 자신감 때문도 아니었다.

Das neue Selbstvertrauen, das sie hatte, trieb sie an, so hart für den Sieg zu arbeiten.

그녀는 승리를 위해 열심히 노력하면서 새로운 자신감을 얻었다.

Auch wenn niemand erwartet hatte, dass sie dazu in der Lage sein würde.

아무도 그녀가 해낼 거라고 예상하지 못했지만.

Gregor brauchte tatsächlich viel Platz zum Kriechen.

그레고르는 기어 다니려면 정말 넓은 공간이 필요했어요.

Die Möbel schränkten den ihm zur Verfügung stehenden Raum zusätzlich ein.

가구는 그가 사용할 수 있는 공간을 제한했을 뿐이다.

Sie konnte diese Dinge besser sehen als die Mutter.

그녀는 어머니보다 이러한 점들을 더 잘 파악할 수 있었다.

Aber vielleicht spielte auch ihre romantische Ader eine Rolle.

하지만 어쩌면 그녀의 낭만적인 성향도 한몫했을지도 모릅니다.

Mädchen in diesem Alter entwickeln oft eine gewisse Begeisterung.

그 나이 또래의 소녀들은 종종 특정한 열정을 갖게 된다.

Und sie verspüren das Bedürfnis, ihren Willen durchzusetzen, wann immer es ihnen möglich ist.

그리고 그들은 기회가 될 때마다 자기 뜻대로 하려는 욕구를 느낍니다.

Vielleicht wollte sie ihn deshalb heimlich sabotieren.

어쩌면 이것이 그녀가 그를 몰래 방해하려 했던 이유일지도
모른다.

**Noch furchterregender ist er, wenn er an den Wänden
entlangkriecht.**

그가 벽을 기어다닐 때는 훨씬 더 무섭다.

Die Eltern trauten sich nicht mehr, das Zimmer zu betreten.

부모들은 더 이상 감히 그 방에 들어오지 못했다.

Sie wäre tatsächlich die alleinige Betreuerin ihres Bruders.

그녀는 정말로 동생을 전적으로 돌봐야 할 것이다.

Sie ließ sich von ihrer Mutter nicht umstimmen.

그녀는 어머니의 설득에 넘어가지 않았다.

Gregors Mutter fühlte sich in dem Zimmer bereits unwohl.

그레고르의 어머니는 이미 방 안에서 불안감을 느끼고 있었다.

Sie hörte bald auf zu sprechen und half ihrer Tochter erneut.

그녀는 곧 말을 멈추고 다시 딸을 도왔다.

Mit ihren letzten Kräften entfernten sie den Kleiderschrank.

그들은 남은 힘을 다해 옷장을 옮겼다.

Auf die Kommode konnte er verzichten.

서랍장은 그에게 없어도 되는 물건이었다.

Der Schreibtisch musste aber vorerst dort bleiben.

하지만 책상은 당분간 그대로 둬야 할 것 같았다.

**Während die Frauen weg waren, versuchte er, sich einen
Überblick über den Raum zu verschaffen.**

여자들이 나간 사이 그는 방의 상태를 살펴보려고 했다.

Und Gregor streckte seinen Kopf unter dem Sofa hervor.

그러자 그레고르가 소파 밑에서 고개를 내밀었다.

Er musste sehen, was er in dieser Situation tun konnte.

그는 이 상황을 어떻게 해결할 수 있을지 알아봐야 했다.

Aber er war so vorsichtig und rücksichtsvoll wie möglich.

하지만 그는 최대한 신중하고 사려 깊게 행동했습니다.

Leider war es die Mutter, die zuerst zurückkehrte.

불행히도 먼저 돌아온 사람은 어머니였습니다.

Grete war noch dabei, den Kleiderschrank im Nebenzimmer umzustellen.

그레테는 여전히 옆방에서 옷장을 옮기고 있었다.

Die Mutter war den Anblick Gregors jedoch nicht gewohnt.

하지만 어머니는 그레고르의 모습에 익숙하지 않았다.

Schon ein flüchtiger Blick auf ihn hätte sie krank machen können.

그를 잠깐이라도 보는 것만으로도 그녀는 병에 걸릴 수 있었다.

Gregor eilte rückwärts zum anderen Ende des Sofas.

그레고르는 서둘러 소파 맨 끝쪽으로 뒷걸음질 쳤다.

Aber er konnte sich nicht zurücklehnen und das Bettlaken ausbalancieren.

하지만 그는 뒤로 물러나 침대 시트의 균형을 잡을 수 없었다.

Die Bewegung reichte aus, um die Aufmerksamkeit der Mutter zu erregen.

그 움직임만으로도 어머니의 관심을 끌기에 충분했다.

Sie hielt inne und verharrte einen kurzen Moment ganz still.

그녀는 걸음을 멈추고 잠시 동안 가만히 서 있었다.

Dann drehte sie sich um und verließ das Zimmer wieder.

그러고 나서 그녀는 몸을 돌려 방 밖으로 나갔다.

Gregor redete sich immer wieder ein, dass nichts Ungewöhnliches passiert sei.

그레고르는 아무 일도 일어나지 않았다고 계속해서 스스로에게 되뇌었다.

„Es handelt sich lediglich um ein paar Möbelstücke, die weggebracht wurden.“

"그냥 치워진 가구일 뿐이에요."

Doch schon bald musste er zugeben, dass ihn die Ereignisse mitgenommen hatten.

하지만 그는 곧 그 사건들이 자신에게도 영향을 미쳤다는 것을 인정해야 했다.

Die Frauen hatten alles, was sie taten, auch gesagt.

그 여성들은 자신들이 하는 모든 행동을 미리 말해두고 있었다.

Sie waren im Zimmer auf und ab gegangen.

그들은 방 안을 왔다 갔다 하고 있었다.

Das Kratzen aller Möbelstücke auf dem Boden.

가구들이 바닥에서 긁히는 소리.

Er hatte das Gefühl, von allen Seiten angegriffen zu werden.

그는 사방에서 공격을 받는 듯한 기분을 느꼈다.

Er zog Kopf und Beine so fest wie möglich an.

그는 머리와 다리를 최대한 오므렸다.

Mit aller Kraft presste er seinen Körper zu Boden.

그는 온 힘을 다해 몸을 땅에 눌렀다.

Er wusste, dass er das alles nicht mehr lange aushalten konnte.

그는 이 모든 것을 더 이상 오래 견딜 수 없다는 것을 알았다.

Sie räumten sein Zimmer aus und nahmen alles mit, was ihm lieb und teuer war.

그들은 그의 방을 싹 비우고 그가 아끼던 모든 것을 가져갔다.

Sie hatten bereits die Kiste mit all seinen Werkzeugen mitgenommen.

그들은 이미 그의 모든 도구가 들어 있는 상자를 가져갔다.

Nun lockerten sie seinen schweren Schreibtisch vom Boden.

이제 그들은 그의 무거운 책상을 땅에서 들어 올리고 있었다.

Der Schreibtisch, an dem er nach seiner Rückkehr von der Arbeit gearbeitet hatte.

그가 퇴근 후 일을 시작했던 책상.

Der Schreibtisch, an dem er seine Geschäftsaufgaben erledigt hatte.

그가 업무 관련 서류를 작성하던 책상.

Der Schreibtisch, an dem er in der Sekundarschule seine Hausaufgaben gemacht hatte.

그가 중학교 때 숙제를 하던 책상.

Ja, diesen Schreibtisch hatte er schon in der Grundschule.

네, 그는 초등학교 때부터 이 책상을 사용했었어요.

Er hatte wirklich keine Zeit, sich von ihren guten Absichten zu überzeugen.

그는 그들의 선의를 확인할 시간이 정말 없었다.

Obwohl er beinahe vergessen hatte, dass sie überhaupt da waren.

그는 그들이 거기에 있다는 사실을 거의 잊고 있었지만 말이다.

Weil sie vor Erschöpfung still arbeiteten.

그들은 탈진 때문에 말없이 일하고 있었기 때문입니다.

Sie waren zu müde, um ihre Bewegungen jetzt noch bekannt zu geben.

그들은 너무 지쳐서 이제 자신들의 이동 경로를 알릴 힘이 없었다.

Alles, was er hörte, waren ihre schweren Schritte auf dem Boden.

그가 들은 것은 바닥을 걷는 그들의 무거운 발소리뿐이었다.

Genau in diesem Moment lehnten sie an der Kiste.

바로 그 순간 그들은 상자에 기대어 있었다.

Und da kam Gregor unter dem Sofa hervor.

그때 그레고르가 소파 밑에서 나왔다.

Er änderte viermal seine Laufrichtung.

그는 달리던 방향을 네 번이나 바꿨다.

Er konnte sich nicht entscheiden, welcher Gegenstand zuerst gerettet werden musste.

그는 어떤 물건을 먼저 구해야 할지 결정할 수 없었다.

Plötzlich richtete sich sein Blick auf die leere Wand.

갑자기 그의 시선이 텅 빈 벽으로 향했다.

Alles, was sie ihm hinterlassen hatten, war das Bild der Dame im Pelzmantel.

그들이 그에게 남겨준 것이라고는 모피 코트를 입은 여인의 사진 한 장뿐이었다.

Er kroch zu dem Bild und drückte seinen Körper an sie.

그는 그림 쪽으로 기어가서 몸을 밀착시켰다.

Und sein Körper verdeckte vollständig das Bild.

그리고 그의 몸이 사진의 전경을 완전히 가렸다.

Das Glas stützte ihn und kühlte seinen heißen Bauch.

유리잔이 그를 지탱해 주었고, 그의 뜨거운 배를 따뜻하게 감싸주었다.

Dieses Foto konnte ihm nicht mehr abgenommen werden.

이 사진은 더 이상 그에게서 빼앗을 수 없었다.

Dann wandte er den Kopf zur Wohnzimmertür.

그러고 나서 그는 거실 문 쪽으로 고개를 돌렸다.

Er wollte zusehen, wie die Frauen ins Zimmer zurückkehrten.

그는 여자들이 방으로 돌아가는 것을 지켜볼 생각이었다.

Und sie ruhten sich nicht lange aus, bevor sie wieder zurückkehrten.

그들은 오래 쉬지 않고 다시 돌아왔다.

Grete hatte den Arm um ihre Mutter gelegt, um ihr beim Gehen zu helfen.

그레테는 어머니가 걷는 것을 돕기 위해 팔로 어머니를 감쌌다.

„Was sollen wir denn jetzt nehmen?", fragte Grete und blickte sich um.

"이제 뭘 가져갈까요?" 그레테가 말하며 주위를 둘러보았다.

Genau in diesem Moment trafen sich ihre Blicke mit Gregors.

바로 그 순간, 그녀의 시선이 그레고르의 눈과 마주쳤다.

Trotz des Schocks behielt sie die Fassung.

충격적인 상황 속에서도 그녀는 침착함을 유지했다.

Vermutlich nur wegen der Anwesenheit ihrer Mutter.

아마도 어머니가 계셨기 때문일 겁니다.

Sie neigte ihr Gesicht zu ihrer Mutter und verdeckte ihr die Sicht.

그녀는 얼굴을 어머니 쪽으로 숙여 시야를 가렸다.

Und dann sagte sie, zitternd und gedankenlos:

그러자 그녀는 떨리는 목소리로, 생각 없이 이렇게 말했다.

"Kommt schon, sollten wir nicht zurück ins Wohnzimmer gehen?"

"자, 거실로 돌아가는 게 좋지 않을까요?"

Gregor konnte die Absichten der Schwester leicht verstehen.

그레고르는 여동생의 의도를 쉽게 이해할 수 있었다.

Ihre oberste Priorität war es, ihre Mutter in Sicherheit zu bringen.

그녀의 최우선 과제는 어머니를 안전한 곳으로 모셔가는

것이었다.

Aber dann wollte sie ihn von der Mauer herunterjagen.

하지만 그때 그녀는 벽에서 그를 쫓아 내려오려고 했어요.

„Nun, sie kann es ja versuchen!“, dachte Gregor bei sich.

"뭐, 시도해 볼 만하겠지!" 그레고르는 속으로 생각했다.

Er behielt sein Bild fest im Blick und gab es nicht her.

그는 자신의 사진을 꽉 붙잡고 놓지 않았다.

Am liebsten wäre er der Schwester ins Gesicht gesprungen.

그는 차라리 여동생 얼굴에 뛰어들고 싶었을 것이다.

Doch Gretes Worte hatten ihre Mutter noch mehr beunruhigt.

하지만 그레테의 말은 어머니를 더욱 걱정하게 만들었다.

Sie trat beiseite, um zu sehen, was vor ihr verborgen wurde.

그녀는 무엇이 숨겨지고 있는지 확인하기 위해 옆으로 비켜섰다.

Und sie sah den braunen Fleck auf der geblümten Tapete.

그리고 그녀는 꽃무늬 벽지에 묻은 갈색 얼룩을 발견했다.

Und sie schrie auf, noch bevor sie merkte, dass es Gregor war.

그녀는 그 사람이 그레고르라는 것을 알아차리기도 전에 비명을 질렀다.

"Oh Gott", schrie sie mit ausgestreckten Armen.

"맙소사!" 그녀는 팔을 활짝 벌리고 소리쳤다.

Und sie sank auf die Couch, als hätte sie aufgegeben.

그녀는 마치 포기한 듯 소파에 털썩 주저앉았다.

„Gregor!", rief die Schwester ihm mit erhobener Faust zu.

"그레고르!" 여동생은 주먹을 치켜들고 그에게 소리쳤다.

Und sie warf ihm einen langen, harten und durchdringenden Blick zu.

그리고 그녀는 그에게 길고 강렬하며 날카로운 시선을 던졌다.

Dies war das erste Mal, dass sie direkt mit ihm gesprochen hatte.

그녀가 그에게 직접 말을 건넨 것은 이번이 처음이었다.

Sie rannte ins Nebenzimmer, um Riechsalz zu holen.

그녀는 암모니아수를 가지러 옆방으로 달려갔다.

Sie musste ihre Mutter wieder zum Bewusstsein bringen.

그녀는 어머니를 의식을 되찾게 해야 했다.

Gregor wollte helfen, er konnte das Bild später aufbewahren.

그레고르는 도와주고 싶었고, 사진은 나중에 저장할 수 있을

거라고 생각했다.

Doch er war fest an der Glasscheibe festgeklebt.

하지만 그는 유리에 완전히 달라붙어 버렸다.

Deshalb musste er sich mit großer Kraft losreißen.

그래서 그는 상당한 힘을 써서 겨우 몸을 떼어낼 수 있었다.

Auch er rannte in den nächsten Raum, wo sich die Schwester befand.

그 역시 여동생이 있는 옆방으로 달려갔다.

Früher hätte er ihr vielleicht einen Rat geben können.

옛날 같았으면 그가 그녀에게 조언을 해 줄 수 있었을 텐데.

Doch nun konnte er nichts anderes tun, als tatenlos zuzusehen.

하지만 이제 그는 그저 가만히 서서 지켜보는 것 외에는 아무것도
할 수 없었다.

Sie durchwühlte die Schublade und öffnete verschiedene Flaschen.

그녀는 서랍을 뒤져 여러 병의 뚜껑을 열었다.

Und er erschreckte sie immer noch, als sie sich umdrehte.

그녀가 뒤돌아섰을 때도 그는 여전히 그녀를 두렵게 했다.

Eine Flasche fiel zu Boden, zerbrach und splitterte.

병이 바닥에 떨어져 깨지고 산산조각이 났다.

Ein Glassplitter traf Gregor im Gesicht und verletzte ihn.

유리 파편이 그레고르의 얼굴에 맞아 부상을 입혔다.

Die Flasche hatte eine Art ätzende Flüssigkeit enthalten.

병 안에는 부식성이 강한 액체가 들어 있었다.

Und nun brannte die ätzende Flüssigkeit auf Gregors Gesicht.

그리고 이제 그 부식성 액체가 그레고르의 얼굴을 태우고 있었다.

Die Schwester hatte jedoch im Moment keine Zeit für Gregor.

하지만 여동생은 지금 그레고르에게 신경 쓸 시간이 없었다.

Sie sammelte so viele Flaschen ein, wie sie tragen konnte.

그녀는 손에 잡히는 대로 병들을 최대한 많이 주워 담았다.

Und sie rannte mit der Medizin zurück zu ihrer Mutter.

그리고 그녀는 약을 가지고 어머니에게 달려갔다.

Sie schlug die Tür mit dem Fuß zu und schloss Gregor aus.

그녀는 발로 문을 쾅 닫아 그레고르를 밖으로 내쫓았다.

Nun war er von seiner möglicherweise sterbenden Mutter abgeschnitten.

이제 그는 위독한 어머니와 연락이 끊겼다.

Wenn er die Tür öffnete, würde er die Schwester verjagen.

그가 문을 열면 여동생을 쫓아낼 것이다.

Aber natürlich musste sie bleiben, um sich um die Mutter zu kümmern.

하지만 물론 그녀는 어머니를 돌보기 위해 남아야 했습니다.

Es gab für ihn nichts anderes zu tun, als auf sie zu warten.

이제 그가 할 수 있는 일은 그들을 기다리는 것뿐이었다.

Von Selbstvorwürfen und Angst geplagt, begann er zu kriechen.

자책감과 불안감에 시달리던 그는 기어 다니기 시작했다.

Er kroch überall hin; an Wänden, Möbeln, der Decke.

그는 벽, 가구, 천장 등 모든 곳을 기어 다녔다.

Er hatte das Gefühl, als würde sich der ganze Raum um ihn drehen.

그는 마치 방 전체가 자신을 중심으로 빙빙 도는 것 같은 느낌을 받았다.

Schließlich fiel er, verzweifelt und schwindlig, wieder zu Boden.

결국 그는 절망과 현기증에 휩싸여 다시 쓰러졌다.

Und er fiel direkt auf den großen Esstisch.

그리고 그는 커다란 식탁 위로 그대로 쓰러졌습니다.

Er lag eine Weile da, betäubt und unfähig sich zu bewegen.

그는 한동안 그곳에 누워 몸이 마비된 채 움직일 수 없었다.

Er war erschöpft von all dem, was ihm dieser Tag gebracht hatte.

그는 오늘 하루 동안 겪은 모든 일들로 인해 완전히 지쳐 있었다.

Es herrschte ringsum Stille, aber vielleicht war das ein gutes Zeichen.

주변은 온통 조용했지만, 어쩌면 그게 좋은 징조일지도 몰랐다.

Dann zerriss das Klingeln an der Haustür die Stille.

그때, 정적을 깨고 바깥 초인종이 울렸다.

Das Dienstmädchen hatte sich natürlich in ihrer Küche eingeschlossen.

하녀는 당연히 부엌에 틀어박혀 문을 잠갔다.

Die Schwester war also die Einzige, die die Tür öffnen konnte.

그래서 그 여동생만이 문을 열 수 있었다.

„Was ist passiert?", fragte der Vater als Erstes.

"무슨 일이야?" 아버지가 제일 먼저 물어본 말이었다.

Gretes Erscheinung hatte ihm wahrscheinlich alles verraten.

그레테의 외모가 그에게 모든 것을 말해줬을 것이다.

Gretes Stimme wurde beim Sprechen gedämpft und dumpf.

그레테의 목소리는 말을 할수록 점점 muffled되고 둔탁해졌다.

Sie muss ihr Gesicht an die Brust ihres Vaters gedrückt haben.

그녀는 틀림없이 아버지의 가슴에 얼굴을 파묻었을 것이다.

„Mutter war bewusstlos, aber es geht ihr jetzt besser."

"어머니는 의식을 잃으셨지만, 지금은 많이 좋아지셨습니다."

„Gregor ist entkommen", fügte sie hinzu, was er auch erwartet hatte.

"그레고르가 탈출했어요." 그녀가 덧붙였다. 그는 이미 예상하고 있었다.

"Ich habe dir doch immer gesagt, dass er eines Tages ausbrechen würde."

"내가 늘 말했잖아, 걔가 언젠가는 탈출할 거라고."

„Aber ihr Frauen wolltet mir ja nicht zuhören, nicht wahr?"

"하지만 당신들 여자들은 내 말을 듣고 싶어 하지 않았잖아요, 그렇죠?"

Gregor erkannte schnell, wie sein Vater die Dinge sehen würde.

그레고르는 아버지가 세상을 어떻게 바라보실지 금방 깨달았다.

Er hatte Gretes allzu kurze Nachricht falsch interpretiert.

그는 그레테가 보낸 지나치게 간략한 메시지를 잘못 해석했다.

Er nahm an, Gregor habe eine Gewalttat begangen.

그는 그레고르가 어떤 폭력 행위를 저질렀을 거라고 짐작했다.

Gregor musste einen Weg finden, seinen Vater irgendwie zu besänftigen.

그레고르는 어떻게든 아버지의 마음을 달래야 했다.

Weil er keine Zeit hatte, ihm die Dinge zu erklären.

그에게 상황을 설명할 시간이 없었기 때문입니다.

Aber er hätte die Dinge ohnehin nicht erklären können.

하지만 어차피 그는 상황을 설명할 수 없었을 것이다.

Da flüchtete er zur Tür und drückte sich dagegen.

그래서 그는 문으로 달려가 문에 바짝 붙었다.

So konnte sein Vater ihn vom Vorzimmer aus sehen.

그렇게 하면 아버지가 대기실에서 그를 볼 수 있을 것이다.

Und er würde erkennen, dass er die besten Absichten hatte.

그러면 그는 자신이 선의를 가지고 있었다는 것을 알 수 있을 것이다.

Es war nicht nötig, ihn mit einem Besen zurückzudrängen.

그를 빗자루로 밀어낼 필요는 전혀 없었다.

Der Vater hätte lediglich die Tür öffnen müssen.

아버지는 그저 문만 열어주면 됐을 것이다.

Doch er hatte keine Lust, solche Feinheiten zu bemerken.

하지만 그는 그런 미묘한 차이를 알아챌 기분이 아니었다.

"Da bist du ja!", rief er, sobald er eingetreten war.

"여기 있었군요!" 그는 들어오자마자 소리쳤다.

Es war, als wäre er gleichzeitig wütend und glücklich.

그는 마치 화가 나면서도 동시에 기쁜 것 같았다.

Er zog den Kopf zurück und blickte zu seinem Vater auf.

그는 고개를 뒤로 젖히고 아버지를 올려다보았다.

Er hatte sich seinen Vater nicht so vorgestellt.

그는 아버지가 그런 모습으로 거기에 서 계실 거라고는 상상도 못 했다.

Doch in letzter Zeit hatte er eine neue Ablenkung gefunden.

하지만 그는 최근 들어 새로운 취미에 몰두하게 되었다.

Das Herumkriechen nahm nun einen großen Teil seines Tages ein.

이제 그는 하루 중 상당 시간을 기어 다니는 데 보냈다.

Zuvor hatte er alle Neuigkeiten in der Wohnung im Blick behalten.

전에는 그는 아파트에서 일어나는 모든 소식을 꼼꼼히 챙겨봤다.

Aber in letzter Zeit hatte er nicht mehr so genau darauf geachtet.

하지만 그는 최근 들어 그다지 신경을 쓰지 않았다.

Er hätte auf Veränderungen vorbereitet sein müssen.

그는 변화에 대비했어야 했다.

Aber war dieser Mann vor ihm noch der Vater?

그렇다면, 그의 앞에 있는 이 남자는 여전히 그의 아버지일까?

War er noch derselbe Mann, der früher müde in seinem Bett lag?

그는 예전에 침대에 피곤하게 누워 있던 그 남자와 같은

사람일까?

Als Gregor bereits auf Geschäftsreise war.

그레고르가 이미 출장을 떠난 후였다.

War er derselbe Mann, der ihn abends begrüßte?

그는 저녁마다 그를 맞이하던 그 남자와 동일인물이었을까?

Als er in seinem Morgenmantel in seinem Sessel saß.

그가 잠옷을 입고 안락의자에 앉아 있을 때였다.

War er derselbe Mann, der nicht aufstehen konnte, um ihn zu begrüßen?

그는 그를 맞이하기 위해 일어나지 못했던 바로 그

사람이었을까요?

So blieb er sitzen und hob freudig den Arm.

그는 앉은 자세 그대로 팔을 들어 기쁨의 표시를 했다.

War er derselbe Mann, mit dem er gelegentlich spazieren ging?

그는 그가 가끔 함께 산책하던 그 남자와 동일인물이었을까?

In seltenen Fällen: an einigen Sonntagen im Jahr oder an Feiertagen.

아주 드문 경우: 1년에 몇 번의 일요일이나 공휴일.

War er derselbe Mann, der in seinen Mantel gehüllt herüberkam?

그는 외투를 두르고 걸어가던 그 남자와 동일인물이었을까?

Musste er sich langsam zwischen Mutter und ihm vorwärtsarbeiten?

그는 어머니와 그 사이에서 천천히 앞으로 나아갔을까요?

Und sie gingen seinetwegen bereits langsam.

그들은 그 때문에 이미 천천히 걷고 있었다.

Doch nun stand dieser Mann stark und aufrecht.

하지만 이제 이 남자는 굳건히 서 있었다.

Er trug eine blaue Uniform mit goldenen Knöpfen.

그는 금색 단추가 달린 파란색 제복을 입고 있었다.

Knöpfe, die die Angestellten der Bankinstitute tragen.

은행 직원들이 착용하는 단추.

Über dem steifen Kragen trat sein markantes Doppelkinn hervor.

뻣뻣한 칼라 위로 그의 뚜렷한 이중턱이 드러났다.

Unter seinen buschigen Augenbrauen blickten seine schwarzen Augen hervor.

숱이 많은 눈썹 아래로 그의 검은 눈이 응시하고 있었다.

Seine Augen wirkten nun durchdringend, frisch und aufmerksam.

이제 그의 눈은 날카롭고, 생기 넘치고, 총명해 보였다.

Das zuvor zerzauste weiße Haar wurde glatt gekämmt.

이전에는 헝클어져 있던 흰 머리카락을 단정하게 빗었다.

Und sein Haar hatte nun einen sorgfältigen Mittelscheitel.

그리고 그의 머리카락은 이제 정교하게 가운데 가르마를 탔다.

Er warf seinen Hut weg, der mit einem goldenen Monogramm verziert war.

그는 금색 모노그램이 새겨진 모자를 던졌다.

Es handelte sich wahrscheinlich um das Monogramm der Bank, für die er arbeitete.

아마 그가 근무했던 은행의 모노그램이었을 겁니다.

Und der Hut landete auf dem Sofa, um später weggeräumt zu werden.

그리고 모자는 소파 위에 떨어졌고, 나중에 치워질 예정이었다.

Er schob den Saum der langen Uniformjacke zurück.

그는 긴 제복 재킷의 아랫부분을 걷어 올렸다.

Und er steckte seine Daumen in die Hosentaschen.

그는 엄지손가락을 바지 주머니에 넣었다.

Und dann ging er mit finsterer Miene auf Gregor zu.

그러고 나서 그는 굳은 표정으로 그레고르를 향해 걸어갔다.

Er wusste wahrscheinlich selbst noch nicht, was er vorhatte.

그는 아마 자신이 무엇을 하려고 계획하고 있는지조차 몰랐을 것이다.

Dennoch hob er die Füße ungewöhnlich hoch.

하지만 그럼에도도 불구하고 그는 평소와 달리 발을 높이 들어 올렸다.

Gregor staunte über die enorme Größe seiner Stiefel.

그레고르는 그의 부츠가 엄청나게 큰 것에 놀랐다.

Doch dafür blieb wirklich keine Zeit, seine Schuhe zu bewundern.

하지만 그의 신발을 감탄하며 바라볼 시간은 정말 없었다.

Der Vater hatte sich für eine sehr strenge Disziplin entschieden.

아버지는 매우 엄격한 훈육을 하기로 마음먹었다.

Für Gregor war nur die größtmögliche Strenge angemessen.

그레고르에게는 가장 엄격한 처벌만이 적절했다.

Das wusste er vom ersten Tag seiner Verwandlung an.

그는 변신을 시작한 첫날부터 이 사실을 알고 있었다.

Er rannte zu seinem Vater und blieb stehen, als dieser stehen blieb.

그는 아버지에게 달려갔고, 아버지가 멈추자 함께 멈췄다.

Als er sich wieder bewegte, huschte er erneut auf ihn zu.

그가 다시 움직이자 그는 재빨리 그에게 달려갔다.

Der Vater hielt einen Moment inne, und Gregor tat es ihm gleich.

아버지는 잠시 말을 멈췄고, 그레고르도 마찬가지였다.

Und sobald sich sein Vater bewegte, stürmte er wieder vorwärts.

아버지가 움직이자마자 그는 다시 앞으로 달려나갔다.

Auf diese Weise gingen sie mehrmals im Kreis um den Raum.

이런 식으로 그들은 방을 여러 바퀴 돌았다.

Bislang hatte noch niemand einen entscheidenden Vorteil errungen.

아직까지 어느 쪽도 결정적인 우위를 점하지 못했다.

Man konnte nicht den Eindruck einer Verfolgungsjagd gewinnen.

추격전이 벌어지고 있다는 인상은 전혀 받을 수 없었다.

Weil das ganze Geschehen viel zu langsam vonstatten ging.

전체적인 진행 속도가 너무 느렸기 때문입니다.

Gregor hatte beschlossen, am Boden zu bleiben.

그레고르는 땅에 머물기로 결심했다.

Er hätte die Wände hoch und an der Decke entlanglaufen können.

그는 벽을 타고 올라가 천장을 따라 달릴 수도 있었을 것이다.

Er wollte den Vater aber nicht unnötig provozieren.

하지만 그는 아버지를 괜히 자극하고 싶지 않았다.

Eine solche Flucht hätte besonders verwerflich erscheinen können.

그러한 탈출은 특히 악랄해 보였을지도 모릅니다.

Gregor räumte ein, dass diese Jagd nicht mehr lange dauern könne.

그레고르는 이 추격전이 더 이상 오래 지속될 수 없다는 것을
인정했다.

Jeder Schritt erforderte eine Vielzahl von Bewegungen.

각 단계마다 수많은 동작이 수반되어야 했다.

Er begann bereits Atemnot zu verspüren.

그는 이미 숨이 가빠지기 시작했다.

**Schon vorher hatte er nie absolut zuverlässige Lungen
gehabt.**

그는 예전에도 폐 기능이 완전히 믿을 만한 수준은 아니었다.

Er taumelte dahin und sparte seine Kräfte für den Lauf.

그는 비틀거리며 걸었고, 달리기를 위해 힘을 아꼈다.

**Er war so müde, dass er die Augen kaum noch offen halten
konnte.**

그는 너무 피곤해서 눈을 뜨고 있기도 힘들었다.

**Seine Gedanken verlangsamten sich zu sehr, um an andere
Fluchtmöglichkeiten zu denken.**

그의 생각은 너무 느려져서 다른 탈출 방법을 생각해낼 겨를이
없었다.

**Er hatte fast vergessen, dass ihm die Wände zur Verfügung
standen.**

그는 벽을 활용할 수 있다는 사실을 거의 잊고 있었다.

Die Wände waren aber ohnehin hinter Möbeln verborgen.

하지만 어차피 벽은 가구 뒤에 가려져 있었다.

Und die Möbel wiesen zu viele Kerben und Vorsprünge auf.

그리고 가구에는 홈과 돌출부가 너무 많았습니다.

Und dann, direkt neben ihm, rollte ein Apfel.

그런데 바로 그의 옆에서 사과 하나가 굴러가고 있었다.

**Ihm wurde klar, dass der Apfel nach ihm geworfen worden
sein musste.**

사과는 누군가 던진 것이 틀림없다고 그는 깨달았다.

**Doch er hatte keine Zeit zum Nachdenken, da kam schon
der nächste Apfel.**

하지만 그가 생각할 겨를도 없이 또 다른 사과가 날아왔다.

Gregor erstarrte vor Schreck über die neue Strategie seines Vaters.

그레고르는 아버지의 새로운 전략에 충격을 받아 얼어붙었다.

Er konnte durch einen Fluchtversuch nichts mehr gewinnen.

그는 더 이상 도망쳐봤자 얻을 게 없었다.

Der Vater hatte beschlossen, ihn mit Früchten zu überhäufen.

아버지는 그에게 과일을 퍼붓기로 마음먹었다.

Er hatte sich die Taschen mit Obst aus der Küchenschale gefüllt.

그는 부엌 과일 바구니에서 과일을 꺼내 주머니를 가득 채웠다.

Ohne besonders darauf zu zielen, warf er Apfel um Apfel.

그는 특별히 조준하지 않고 사과를 연달아 던졌다.

Diese kleinen roten Äpfel rollten auf dem Boden herum.

이 작은 빨간 사과들이 땅 위에서 굴러다녔습니다.

Wie von einem Stromschlag getroffen, stießen die Äpfel aneinander.

마치 감전된 듯 사과들이 서로 부딪혔다.

Einer der schwach geworfenen Äpfel streifte Gregors Rücken.

약하게 던진 사과 하나가 그레고르의 등을 스쳤다.

Zum Glück für ihn rutschte der Apfel harmlos herunter.

다행히도 그 사과는 아무런 피해 없이 미끄러져 떨어졌다.

Der anschließend geworfene Apfel traf jedoch genauer.

하지만 그 후에 던진 사과는 더 정확했습니다.

Und dieser Apfel blieb tief in Gregors Rücken stecken.

그리고 그 사과는 그레고르의 등에 깊숙이 박혔다.

Gregor wollte sich vor dem Schmerz davonreißen.

그레고르는 그 고통에서 벗어나고 싶었다.

Vielleicht ließe sich diesem neuen, unvorstellbaren Schmerz entkommen.

어쩌면 이 새롭고 믿을 수 없는 고통에서 벗어날 수 있을지도
모른다.
Vielleicht würde ein Ortswechsel seine Qualen lindern.
어쩌면 장소를 옮기면 그의 고통이 줄어들지도 모른다.
Aber er fühlte sich, als wäre er am Boden festgenagelt.
하지만 그는 마치 바닥에 못 박힌 것처럼 꼼짝 못 하게 된
기분이었다.
Er streckte sich aus, aber nur aufgrund seiner Verwirrung.
그는 혼란스러움 때문에 몸을 쭉 뻗었다.
Erst mit seinem letzten Blick sah er, wie sich die Tür öffnete.
그는 마지막으로 한눈을 돌렸을 때에야 문이 열리는 것을 보았다.
Die Mutter stürzte vor die schreiende Schwester hinaus.
어머니는 비명을 지르는 여동생 앞으로 뛰쳐나갔다.
**Die Schwester hatte sie ausgezogen, sodass sie nur noch ihr
Hemd trug.**
언니가 그녀의 옷을 벗겨 놓았기 때문에 그녀는 셔츠만 입고
있었다.
Sie hatte in ihrer Bewusstlosigkeit Freiraum gebraucht.
그녀는 무의식 상태에서 숨 쉴 공간이 필요했다.
Er sah noch, wie die Mutter auf den Vater zulief.
그는 어머니가 아버지에게 달려가는 모습을 여전히 보았다.
Ihre Röcke rutschten einer nach dem anderen zu Boden.
그녀의 치마가 하나씩 차례로 땅에 떨어졌다.
**Er sah, wie sie auf den Vater zuging und über ihren Rock
stolperte.**
그는 그녀가 아버지에게 다가가다가 치마에 걸려 넘어지는 것을
보았다.
**Sie umarmte ihn und bat darum, Gregors Leben zu
verschonen.**
그녀는 그를 껴안으며 그레고르의 목숨을 살려달라고 간청했다.

In völliger Einheit mit seinem Körper versagte auch sein Augenlicht.

그는 몸과 완전히 하나가 된 듯 시력을 잃었다.

Teil Drei
제3부

Gregor litt über einen Monat lang unter der schweren Verletzung.

그레고르는 한 달 넘게 심각한 부상으로 고통받았습니다.

Der Apfel steckte fest; niemand wagte es, ihn zu entfernen.

사과는 박힌 채로 남아 있었고, 아무도 감히 빼내려 하지 않았다.

Der Apfel blieb als sichtbare Erinnerung in seinem Fleisch zurück.

사과는 그의 몸에 남아 눈에 보이는 증거로 남아 있었다.

Der Apfel diente dem Vater aber auch als Erinnerung.

하지만 그 사과는 아버지에게 어떤 사실을 상기시키는 역할도 했습니다.

Ihm wurde klar, dass Gregor nicht wie ein Feind behandelt werden sollte.

그는 그레고르를 적으로 취급해서는 안 된다는 것을 깨달았다.

Im Moment mag sein Erscheinungsbild traurig und abstoßend wirken.

현재 그의 모습은 슬프고 혐오스러울지도 모릅니다.

Aber dennoch war er ein Mitglied ihrer Familie.

하지만 그럼에도 불구하고 그는 여전히 그들의 가족 구성원이었다.

Der Widerwille musste überwunden und toleriert werden.

꺼림은 감수하고 참아내야 했다.

Aufgrund seiner Verletzung könnte seine Beweglichkeit für immer verloren sein.

부상으로 인해 그는 영구적으로 움직일 수 없게 될 가능성이 높습니다.

Er kroch immer noch in seinem Zimmer herum, aber viel langsamer.

그는 여전히 방 안을 기어 다녔지만, 훨씬 느려졌다.

Kriechen in irgendeiner Höhe war völlig ausgeschlossen.

높은 곳에서 기어가는 것은 절대 불가능했다.

Gregor erhielt jedoch eine Form der Entschädigung.

하지만 그레고르는 어떤 형태로든 보상을 받았습니다.

Am Abend wurde ihm die Wohnzimmertür geöffnet.

저녁이 되자 거실 문이 그를 위해 열렸다.

Und er war der Ansicht, dass diese Wiedergutmachungszahlungen vollkommen angemessen seien.

그는 이러한 배상이 완전히 적절하다고 생각했습니다.

Noch vor Einbruch der Dunkelheit begann er, die Tür zu beobachten.

저녁이 되기 전부터 그는 이미 문을 주시하기 시작했다.

Er lag in der Dunkelheit, vom Wohnzimmer aus unsichtbar.

그는 거실에서 보이지 않는 어둠 속에 누워 있었다.

Er konnte die ganze Familie an dem beleuchteten Tisch sehen.

그는 불이 켜진 식탁에 온 가족이 둘러앉아 있는 것을 볼 수 있었다.

Nun durfte er ihren Gesprächen zuhören.

이제 그는 그들의 대화를 들을 수 있게 되었다.

Dies unterschied sich deutlich von ihrer vorherigen Vereinbarung.

이는 이전의 계약과는 상당히 달랐다.

Die lebhaften Gespräche vergangener Zeiten waren verstummt.

이전처럼 활발하게 오가던 대화는 끝났다.

Das waren die Gespräche, nach denen er sich immer gesehnt hatte.

그가 늘 갈망하던 대화들이 바로 이런 것들이었다.

Als er allein in kleinen Hotelzimmern schlief.

그가 작은 호텔 방에서 혼자 잠을 자던 시절.

Als er sich in die feuchte Bettwäsche werfen musste.

그는 어쩔 수 없이 축축한 침대 시트 속으로 몸을 던졌다.

Die Abende verliefen nun meist ruhig und ereignislos.

하지만 이제 저녁 시간은 대체로 조용하고 별다른 일 없이 지나갔다.

Der Vater schlief nach dem Abendessen in seinem Sessel ein.

아버지는 저녁 식사 후 안락의자에 앉아 잠이 들었다.

Und Mutter und Schwester ermahnten einander zur Stille.

어머니와 여동생은 서로에게 조용히 하라고 재촉했다.

Die Mutter beugte sich weit über die Lampe und nähte Leinen.

어머니는 몸을 빛에 바짝 기대고 리넨을 꿰매고 있었다.

Sie entwirft jetzt Kleider für eines der Modegeschäfte.

그녀는 현재 패션 매장 중 한 곳에서 드레스를 만들고 있습니다.

Wie Gregor hatte auch die Schwester eine Stelle als Verkäuferin angenommen.

그레고르처럼 여동생도 판매원으로 취직했다.

Sie lernte abends Stenografie und Französisch.

그녀는 저녁에 속기와 프랑스어를 배우고 있었다.

Damit sie später vielleicht eine bessere Arbeitsstelle bekommen könnte.

그러면 나중에 더 나은 직책을 얻을 수 있을지도 몰라요.

Manchmal wachte der Vater von seinem abendlichen Nickerchen auf.

아버지는 가끔 저녁 낮잠에서 깨어나곤 했다.

"Liebling, du nähst heute schon so lange!"

"여보, 오늘 벌써 이렇게 오래 바느질했네!"

Er schien vergessen zu haben, dass er geschlafen hatte.

그는 자신이 잠들어 있었다는 사실을 잊은 듯했다.

Doch er fiel sofort wieder in seinen Schlaf zurück.

하지만 그는 곧바로 다시 잠에 빠져들었다.

Und Mutter und Schwester lächelten einander müde an.

어머니와 여동생은 서로를 향해 지친 미소를 지었다.

Der Vater hatte eine seltsame neue Sturheit entwickelt.

아버지는 이상하리만치 새로운 고집을 부리기 시작했다.

Selbst zu Hause weigerte er sich, seine Dieneruniform auszuziehen.

그는 집에서조차 하인복을 벗으려 하지 않았다.

Und sein Morgenmantel hing nutzlos am Kleiderbügel.

그리고 그의 잠옷은 옷걸이에 아무 쓸모 없이 걸려 있었다.

So schlief der Vater, vollständig bekleidet, in seinem Sessel.

그래서 아버지는 옷을 다 입은 채로 안락의자에 앉아 잠들었다.

Es war, als ob er immer bereit wäre, seinen Dienst zu leisten.

그는 마치 언제나 봉사할 준비가 되어 있는 것 같았다.

Als ob er nur auf die Stimme seines Vorgesetzten gewartet hätte.

마치 상관의 목소리만 기다리고 있는 듯했다.

Dies führte dazu, dass seine Uniform an Sauberkeit verlor.

이로 인해 그의 제복은 깨끗함을 잃게 되었다.

Obwohl die Uniform auch nicht neu war, als er sie bekam.

그가 그 제복을 받았을 때도 새것은 아니었다.

Und die Mutter tat ihr Bestes, um die Uniform zu pflegen.

어머니는 최선을 다해 제복을 돌보았습니다.

Gregor verbrachte ganze Abende damit, diese Uniform anzusehen.

그레고르는 저녁 내내 이 제복을 바라보곤 했다.

Er beobachtete, wie der alte Mann äußerst unbequem schlief.

그는 노인이 몹시 불편하게 잠든 모습을 지켜보았다.

Doch im Schlaf bemerkte er auch etwas Friedliches.

하지만 그는 잠결에 평화로운 무언가를 알아차렸다.

Als die Uhr zehn schlug, versuchte die Mutter, ihn zu wecken.

시계가 10시를 가리키자 어머니는 그를 깨우려고 애썼다.

Sie sprach leise und überredete ihn, ins Bett zu gehen.

그녀는 조용히 말하며 그를 설득해 잠자리에 들게 했다.

Denn auf dem Sessel zu schlafen war kein richtiger Schlaf.

안락의자에서 자는 것은 진정한 잠이 아니었기 때문이다.

Er musste um sechs Uhr mit der Arbeit beginnen.

그는 6시에 출근해야 했다.

Deshalb musste er unbedingt so gut wie möglich schlafen.

그래서 그는 최대한 숙면을 취해야 했다.

Doch er war von einer neuen Form der Sturheit ergriffen.

하지만 그는 이전과는 다른 형태의 고집에 사로잡혀 있었다.

Die Tatsache, dass er Diener geworden war, hatte begonnen, diese Wirkung auf ihn zu haben.

하인이 된 것이 그에게 이런 영향을 미치기 시작했다.

Deshalb bestand er immer darauf, länger am Tisch zu bleiben.

그래서 그는 항상 식탁에 더 오래 앉아 있겠다고 고집했다.

Obwohl er regelmäßig wieder in seinem Sessel einschlief.

하지만 그는 종종 의자에서 다시 잠이 들곤 했다.

Und er ließ sich nur mit größter Mühe bewegen.

그는 마음을 움직이는 데 극도로 어려움을 겪었다.

Man musste ihm erklären, dass das Bett besser für ihn wäre.

그에게 침대가 더 편할 거라고 말해줘야 했다.

Mutter und Schwester mussten nachdrücklich darauf bestehen, oft mit nur wenigen Vorwarnungen.

어머니와 누나는 작은 경고를 거듭하며 끈질기게 설득해야 했다.

Fünfzehn Minuten lang schüttelte er nur langsam den Kopf.

그는 15분 동안 천천히 고개만 저었다.

Und er hielt die Augen geschlossen und weigerte sich aufzustehen.

그는 눈을 감은 채 일어나기를 거부했다.

Die Mutter zupfte sanft, aber bestimmt an seinem Ärmel.

어머니는 그의 소매를 부드럽지만 단호하게 잡아당겼다.

Und sie flüsterte ihm schmeichelhafte Worte in seine müden Ohren.

그리고 그녀는 그의 지친 귀에 아첨하는 말을 속삭였다.

Die Schwester unterbrach ihre Arbeit, um ihrer Mutter zu helfen.

여동생은 어머니를 돕기 위해 하던 일을 멈췄다.

Doch keiner ihrer Versuche zeigte Wirkung beim Vater.

하지만 그들의 노력은 아버지에게 아무런 효과가 없었다.

Er sank noch tiefer in seinen Stuhl, bereit zum Schlafen.

그는 의자에 더욱 깊숙이 파묻혀 잠들 준비를 했다.

Und schließlich packten ihn die Frauen unter den Achseln.

그리고 마침내 여자들이 그의 겨드랑이를 잡았다.

Er öffnete die Augen und blickte sie abwechselnd an.

그는 눈을 뜨고 그들을 번갈아 바라보았다.

„Was für ein Leben!", klagte er beim Zubettgehen.

"이게 무슨 인생이야," 그는 잠자리에 들면서 불평했다.

"Ist das der Frieden, der mir im Alter zuteilwurde?"

"이것이 내가 노년에 얻은 평화인가?"

Doch dann stützte er sich auf die beiden Frauen und stand unbeholfen auf.

그러나 그는 두 여자에게 기대어 어색하게 일어섰다.

Er tat so, als trüge er die schwerste Last.

그는 마치 세상에서 가장 무거운 짐을 짊어진 것처럼 행동했다.

Er ließ sich von den beiden Frauen bis ans andere Ende des Raumes führen.

그는 두 여자가 자신을 방 끝까지 안내하도록 내버려 두었다.

Dort wünschte er ihnen eine gute Nacht und ging dann allein weiter.

그는 그들에게 잘 자라고 인사한 후 혼자 길을 떠났다.

Doch die Mutter warf hastig ihr Nähzeug hin.

하지만 어머니는 황급히 바느질 도구를 내던졌다.

Und auch die Schwester legte den Stift und den Notizblock beiseite.

그러자 여동생도 펜과 메모장을 내려놓았다.

Und sie liefen hinter dem Vater her, um ihm weiter zu helfen.

그리고 그들은 아버지를 돕기 위해 뒤따라 달려갔습니다.

Wer in dieser überarbeiteten Familie hatte schon Zeit für Gregor?

이 과로에 시달리는 가족 중에서 누가 그레고르에게 신경 쓸 시간이 있었겠는가?

Wer hätte ihm mehr Aufmerksamkeit schenken können als nötig?

누가 그에게 필요 이상으로 관심을 주었겠는가?

Das Haushaltsbudget wurde zunehmend eingeschränkt.

가계 예산이 점점 더 빠듯해졌다.

Um Geld zu sparen, mussten sie schließlich das Dienstmädchen entlassen.

결국, 비용을 절감하기 위해 그들은 가정부를 해고해야 했습니다.

Sie wurde durch eine stämmige, weißhaarige Frau ersetzt.

그녀는 체격이 굵고 백발인 여자로 교체되었다.

Diese Frau kam jedoch nur morgens und abends.

하지만 이 여자는 아침과 저녁에만 왔다.

Und die schwerste und härteste Arbeit wurde ihr
aufgehoben.

그리고 가장 힘들고 고된 일은 모두 그녀에게 맡겨졌다.

Alle anderen Hausarbeiten wurden von der Mutter erledigt.

나머지 집안일은 모두 어머니가 처리하셨다.

Es kam sogar vor, dass verschiedene
Familienschmuckstücke verkauft wurden.

심지어 가문의 보석 몇 점이 팔리기도 했다.

Schmuck, den die Frauen bei Feierlichkeiten mit Freude
getragen hatten.

여성들이 축하 행사 동안 기쁘게 착용했던 보석들.

Gregor erfuhr dies in einer der allgemeinen Diskussionen.

그레고르는 일반 토론 중 하나에서 이 사실을 알게 되었습니다.

Die größte Beschwerde betraf jedoch etwas anderes.

하지만 가장 큰 불만은 다른 것이었습니다.

Die Wohnung war zu groß, aber sie konnten nicht
ausziehen.

아파트가 너무 컸지만, 그들은 이사할 수 없었다.

Es gab keine Möglichkeit, Gregor umzusiedeln.

그들이 그레고르를 다른 곳으로 옮길 방법은 전혀 없었다.

Gregor erkannte jedoch, dass es nicht nur um
Rücksichtnahme ging.

하지만 그레고르는 그것이 단순히 고려 사항만이 아니라는 것을
깨달았다.

Etwas anderes hielt sie davon ab, woanders hinzuziehen.

다른 무언가가 그들이 다른 곳으로 이사하는 것을 막았습니다.

Er hätte problemlos in einer geeigneten Kiste transportiert
werden können.

적당한 상자에 넣어 운반하면 쉽게 될 일이었다.

Ihre Gefühle völliger Hoffnungslosigkeit hielten sie zurück.

절망감에 사로잡힌 그들은 앞으로 나아가지 못했다.

Sie wollten sich nicht eingestehen, dass sie vom Unglück getroffen worden waren.

그들은 불행이 닥쳤다는 사실을 인정하고 싶지 않았다.

Was die Welt von armen Menschen verlangt, das haben sie erfüllt.

세상이 가난한 사람들에게 요구하는 것을 그들은 충족시켰다.

Der Vater holte dem kleinen Bankangestellten das Frühstück.

아버지는 어린 은행원을 위해 아침 식사를 가져다주었다.

Die Mutter opferte sich für die Wäsche von Fremden auf.

어머니는 낯선 사람들의 빨래를 위해 자신을 희생했다.

Die Schwester rannte hin und her, um die Bestellungen der Kunden aufzunehmen.

여동생은 손님들의 주문을 받기 위해 이리저리 뛰어다녔다.

Aber sie hatten einfach nicht mehr die Kraft, irgendetwas weiter zu tun.

하지만 그들에게는 더 이상 할 힘이 없었습니다.

Die Wunde in Gregors Rücken schmerzte nun noch mehr.

그레고르의 등에 난 상처가 더욱 아프기 시작했다.

Jeden Abend brachten Mutter und Schwester den Vater ins Bett.

매일 밤 어머니와 누나는 아버지를 침대로 모셔다 드렸습니다.

Sie ließen ihre Arbeit liegen und setzten sich zusammen.

그들은 하던 일을 그 자리에 그대로 두고 함께 앉았다.

Und sie rückten näher zusammen und saßen Wange an Wange.

그들은 서로 더 가까이 다가가 뺨을 맞대고 앉았다.

Die Mutter zeigte auf das Zimmer, von dem aus er zusah.

어머니는 그가 지켜보고 있던 방을 가리켰다.

"Würdest du die Tür schließen?", fragte sie die Schwester.

"문 좀 닫아주시겠어요?" 그녀가 여동생에게 물었다.

Und dann war Gregor wieder allein in der Dunkelheit.

그리고 그레고르는 다시 어둠 속에 홀로 남겨졌다.

Und im Nebenzimmer vermischten die Frauen ihre Tränen.

그리고 옆방에서 여자는 그들의 눈물을 섞었다.

Oder sie saßen mit trockenen Augen da und starrten einfach nur auf den Tisch.

혹은 눈물 한 방울 흘리지 않고 그저 테이블을 응시하고 있었다.

Gregor schlief kaum, weder nachts noch tagsüber.

그레고르는 밤낮으로 거의 잠을 자지 못했다.

Er dachte oft darüber nach, wie er der Familie helfen könnte.

그는 어떻게 하면 가족을 도울 수 있을지 자주 생각했다.

Er dachte darüber nach, das Geld wieder für sie zu verdienen.

그는 그들을 위해 다시 돈을 벌어야겠다고 생각했다.

Er dachte darüber nach, das zu tun, was er früher für sie getan hatte.

그는 예전에 그들을 위해 해줬던 일을 다시 해볼까 생각했다.

In seinen Gedanken erschien der Bevollmächtigte wieder.

그의 생각 속에 대리인의 생각이 다시 떠올랐다.

Und dieses Mal kam auch der Chef in die Wohnung.

이번에는 사장님도 아파트로 오셨습니다.

Und die Angestellten und die Lehrlinge waren auch da.

그리고 사무원들과 견습생들도 그곳에 있었다.

Sogar der etwas begriffsstutzige Büroangestellte kam, um ihn zu sehen.

심지어 머리가 좀 둔한 사무실 하인까지 그를 보러 왔다.

Es waren zwei oder drei Freunde aus anderen Branchen dabei.

다른 회사에서 온 친구들이 두세 명 있었다.

Eine der Zimmermädchen aus einem Hotel in der Provinz.

지방의 한 호텔에서 일하는 객실 청소부 중 한 명.

Eine kostbare und flüchtige Erinnerung, an der er festzuhalten versuchte.

그는 소중하지만 덧없는 기억을 붙잡으려 애썼다.

Eine Kassiererin aus einem Hutgeschäft, für die er Absichten hatte.

그가 마음을 두고 있던 모자 가게 계산원.

Doch er war etwas zu langsam gewesen, um ihre Zustimmung zu gewinnen.

하지만 그는 그녀의 호감을 얻기에는 약간 늦었다.

Sie alle tauchten in seinen Gedanken auf, vermischt mit Fremden.

그들은 모두 낯선 사람들과 뒤섞여 그의 생각 속에 나타났다.

Und andere erschienen nicht; sie waren bereits vergessen.

그리고 다른 이들은 나타나지 않았습니다. 그들은 이미 잊혀졌습니다.

Aber sie halfen weder ihm noch seiner Familie.

하지만 그들은 그를 돕지 않았고, 가족도 돕지 않았다.

Sie waren unzugänglich, und er war froh, als sie weg waren.

그들은 접근할 수 없었고, 그는 그들이 떠났을 때 기뻐했다.

Er war nicht immer in der Stimmung, sich Sorgen um die Familie zu machen.

그는 항상 가족 걱정을 할 기분이 아니었습니다.

Und er war voller Wut über die mangelnde Aufmerksamkeit.

그는 관심을 받지 못한 것에 분노로 가득 찼다.

Und er konnte sich nichts vorstellen, worauf er Appetit hätte.

그리고 그는 자신이 무엇을 먹고 싶어하는지 전혀 상상할 수 없었다.

Doch er schmiedete trotzdem Pläne, in die Speisekammer einzubrechen.

하지만 그는 여전히 식료품 저장실에 침입할 계획을 세웠다.

Und er würde sich alles nehmen, was ihm zustand.

그리고 그는 자신이 마땅히 받아야 할 모든 것을 가져갈 작정이었다.

Die Schwester bemühte sich nicht mehr besonders um ihn.

여동생은 더 이상 그를 위해 특별한 노력을 기울이지 않았다.

Sie verschwendete keine Zeit mehr damit, darüber nachzudenken, wie sie ihm gefallen könnte.

그녀는 더 이상 그를 기쁘게 하려고 애쓰지 않았다.

Vor der Arbeit schob sie schnell etwas zu essen ins Zimmer.

출근 전에 그녀는 재빨리 음식을 방으로 밀어 넣었다.

Und am Abend kehrte sie die Essensreste schnell wieder zusammen.

그리고 저녁이 되자 그녀는 재빨리 음식을 다시 쓸어 담았다.

Ob er gegessen hatte oder nicht, bemerkte sie nicht mehr.

그가 밥을 먹었는지 안 먹었는지는 이제 그녀에게 중요하지 않았다.

In den meisten Fällen blieb das Essen nun unberührt.

이제는 음식이 손도 대지 않은 채 남겨지는 경우가 대부분이었다.

Abends huschte sie immer noch schnell durch den Raum.

그녀는 여전히 저녁에 방을 빠르게 훑어보곤 했다.

Doch nun tat sie nur das Nötigste, und zwar so schnell wie möglich.

하지만 이제 그녀는 최소한의 일만 최대한 빨리 처리했다.

An den Mauern zogen sich Spuren von Schmutz entlang.

벽을 따라 흙먼지 자국이 남아 있었다.

Auf dem Boden lagen Staub- und Müllklumpen.

바닥에는 먼지와 쓰레기 덩어리들이 널려 있었다.

Gregor missbilligte ihre Nachlässigkeit.

그레고르는 그녀의 무관심에 불만을 드러냈다.

Er drehte sich in einem besonders markanten Winkel.

그는 몸을 상당히 비스듬한 각도로 돌렸다.

Aber er hätte wochenlang in dieser Position bleiben können.

하지만 그는 몇 주 동안 그 자리에 머물 수도 있었습니다.

Seine Schwester hätte seine Unzufriedenheit nicht bemerkt.

그의 여동생은 그의 불만을 눈치채지 못했을 것이다.

Sie sah den Dreck genauso gut wie er, wenn nicht sogar besser.

그녀는 그 못지않게, 어쩌면 그보다 더 먼지를 잘 보았다.

Aber sie hatte beschlossen, den Dreck dort zu lassen, wo er war.

하지만 그녀는 흙을 그 자리에 그대로 두기로 결정했다.

Damals entwickelte sie eine völlig neue Sensibilität.

그 당시 그녀는 완전히 새로운 감수성을 갖게 되었다.

Sie hatte es sich zur Aufgabe gemacht, Gregors Zimmer zu reinigen.

그녀는 그레고르의 방 청소를 자신의 책임으로 삼았다.

Die Familie war von ihrer freundlichen Rücksichtnahme sehr berührt.

가족들은 그녀의 따뜻한 배려에 감동했습니다.

Einst hatte die Mutter sein Zimmer gründlich gereinigt.

어머니는 예전에 그의 방을 구석구석 청소한 적이 있었다.

Erst nachdem sie mehrere Eimer Wasser verbraucht hatte, gelang es ihr.

그녀는 몇 양동이의 물을 사용한 후에야 성공했다.

Die neu aufgetretene Feuchtigkeit im Zimmer schadete Gregor jedoch.

하지만 방 안의 새로운 습기는 그레고르에게 해로웠다.

Und er lag breitbeinig, verbittert und regungslos auf dem Sofa.

그는 소파에 웅크리고 누워 쓰라린 표정으로 미동도 하지 않았다.

Doch das war nur ihre erste Strafe für ihre Hilfeleistung.

하지만 그것은 그녀가 도움을 준 것에 대한 첫 번째 처벌일 뿐이었다.

Die Schwester bemerkte schnell die Veränderung in Gregors Zimmer.

여동생은 그레고르의 방에 생긴 변화를 금세 알아차렸다.

Und sie rannte, zutiefst beleidigt, ins Wohnzimmer.

그녀는 몹시 모욕감을 느껴 거실로 뛰어들어갔다.

Ihre Mutter hob die Hände und versuchte, sie zu beschwören.

어머니는 두 손을 들고 간절히 애원하려 했다.

Doch trotz einer aufrichtigen Erklärung brach sie in Tränen aus.

하지만 진심 어린 설명에도 불구하고 그녀는 울음을 터뜨렸다.

Der Vater erschrak natürlich und fuhr aus seinem Stuhl hoch.

아버지는 당연히 깜짝 놀라 의자에서 벌떡 일어났다.

Und die beiden Eltern schauten fassungslos und hilflos zu.

두 부모는 놀라고 어쩔 줄 몰라하며 그 모습을 지켜보았다.

Und schließlich gerieten auch ihre Gefühle in Aufruhr.

결국 그들의 감정도 동요하게 되었다.

Der Vater warf der Mutter vor, was sie getan hatte.

아버지는 어머니가 한 일에 대해 그녀를 꾸짖었다.

"Du hättest das Zimmer Grete zum Putzen überlassen sollen."

"그레테에게 청소할 수 있도록 방을 비워줬어야지."

Grete schrie die Mutter an, weil sie sein Zimmer aufgeräumt hatte.

그레테는 엄마가 자기 방을 청소하는 것을 보고 소리를 질렀다.

„Du darfst sein Zimmer nie wieder putzen!"

"너는 앞으로 절대로 그의 방을 청소할 수 없어!"

Die Mutter versuchte, den Vater ins Schlafzimmer zu zerren.

어머니는 아버지를 침실로 끌고 가려고 했다.

Die Schwester blieb zitternd und schluchzend im Zimmer zurück.

여동생은 방에 남아 몸을 떨며 흐느꼈다.

Und sie hämmerte mit ihren kleinen Fäustchen auf den Tisch.

그리고 그녀는 작은 주먹으로 테이블을 쾅쾅 내리쳤다.

Und Gregor zischte sie alle lautstark vor Wut an.

그러자 그레고르는 그들 모두에게 화를 내며 큰 소리로 쉿 소리를 냈다.

Warum war niemand auf die Idee gekommen, ihm die Tür zu schließen?

왜 아무도 그를 위해 문을 닫아줄 생각을 하지 않았을까?

Sie hätten ihm diesen Anblick und Lärm ersparen können.

그들은 그에게 이런 광경과 소음을 보여주지 않았어야 했다.

Die Schwester war erschöpft, als sie von der Arbeit nach Hause kam.

여동생은 퇴근 후 집에 와서 몹시 지쳐 있었다.

Und die Betreuung von Gregor bedeutete für sie noch mehr Arbeit.

그리고 그레고르를 돌보는 것은 그녀에게 훨씬 더 힘든 일이었다.

Das bedeutete aber nicht, dass die Mutter es hätte tun sollen.

하지만 그렇다고 해서 어머니가 그렇게 했어야 했다는 뜻은 아닙니다.

Gregor hingegen sollte nicht vernachlässigt werden.

반면 그레고르는 소홀히 여겨서는 안 된다.

Aber jetzt hatten sie ein neues Dienstmädchen, das solche Dinge tun konnte.

하지만 이제 그들에게는 그런 일들을 할 수 있는 새로운 가정부가 생겼다.

Eine ältere Witwe mit kräftigem Knochenbau.

골격이 튼튼한 노년의 과부.

Eine Statur, die ihr half, ihr schwieriges Leben zu überstehen.

그녀의 큰 체격은 힘겨운 삶을 헤쳐나가는 데 도움이 되었습니다.

Sie hatte keine wirkliche Abneigung gegen Gregors Erscheinung.

그녀는 그레고르의 외모에 대해 특별히 반감을 갖고 있지 않았다.

Sie hatte versehentlich die Tür zu Gregors Zimmer geöffnet.

그녀는 실수로 그레고르의 방 문을 열어버렸다.

Es geschah nicht aus besonderer Neugierde bezüglich des Zimmers.

그 방에 대한 특별한 호기심 때문은 아니었어요.

Sie tat lediglich ihre Arbeit und öffnete dabei zufällig die Tür.

그녀는 그저 자기 일을 하고 있었을 뿐이고, 우연히 문을 열었을 뿐입니다.

Gregor war natürlich völlig überrascht von ihr.

그레고르는 당연히 그녀의 행동에 완전히 놀랐다.

Er wurde nicht verfolgt, aber er rannte hin und her.

그는 쫓기고 있는 것은 아니었지만, 이리저리 뛰어다녔다.

Und sie verschränkte einfach die Arme und sah ihm beim Krabbeln zu.

그녀는 팔짱을 끼고 그가 기어가는 모습을 지켜보았다.

Seitdem hat sie ihm immer einen Spaltbreit die Tür geöffnet.

그 이후로 그녀는 항상 그를 위해 문을 조금씩 열어주었다.

Eines Morgens schaute sie nach ihm, um zu sehen, wie es ihm ging.

아침에 그녀는 그가 어떻게 지내는지 보려고 방 안을 들여다보았다.

Und am Abend sah sie nach ihm, bevor sie ging.

그리고 저녁에 그녀는 떠나기 전에 그의 상태를 확인했다.

Zuerst versuchte sie auch, ihn zu sich zu rufen.

처음에 그녀도 그에게 오라고 전화하려고 했다.

„Komm her, du alter Mistkäfer!", pflegte sie zu sagen.

"이리 와 봐, 늙은 쇠똥구리야!" 그녀는 늘 그렇게 말하곤 했다.

Oder sie sagte freundlich: „Schau dir den alten Mistkäfer an!"

혹은 그녀는 "저 늙은 쇠똥구리 좀 봐!"라고 친근하게 말했죠.

Gregor reagierte nie darauf, wenn man so mit ihm sprach.

그레고르는 그런 식으로 말을 걸면 절대 반응하지 않았다.

Er blieb stehen, ohne sich zu rühren, und ignorierte sie.

그는 움직이지 않고 그 자리에 그대로 서서 그녀를 무시했다.

„Wenn man ihr doch nur gesagt hätte, wie man ihre Arbeit richtig macht."

"그녀에게 일을 제대로 하는 방법을 알려줬더라면 좋았을 텐데."

„Anstatt mich zu belästigen, sollte sie lieber mein Zimmer aufräumen."

"나를 귀찮게 하지 말고 내 방이나 청소해 줘야지."

Eines Morgens prasselte ein heftiger Regenguss gegen die Fenster.

어느 이른 아침, 폭우가 창문을 강타했다.

Vielleicht war der Regen bereits ein Zeichen für den kommenden Frühling.

어쩌면 그 비는 이미 봄이 오고 있다는 신호였을지도 모른다.

Das Dienstmädchen begann wieder auf diese Weise mit ihm zu sprechen.

하녀는 다시 그런 식으로 그에게 말을 걸기 시작했다.

Gregor war so verbittert, dass er sich umdrehte und ihr ins Gesicht sah.

그레고르는 너무나 분개하여 그녀를 향해 몸을 돌렸다.

Er war langsam und gebrechlich, aber es war eine Art Angriff.

그는 느리고 허약했지만, 일종의 발작이었습니다.

Das Dienstmädchen hingegen hatte überhaupt keine Angst vor Gregor.

하지만 하녀는 그레고르를 전혀 두려워하지 않았다.

Stattdessen hob sie einen Stuhl hoch, der in der Nähe der Tür stand.

대신 그녀는 문 근처에 있던 의자를 들어 올렸다.

Und sie stand da, ganz ruhig, mit weit geöffnetem Mund.

그녀는 입을 크게 벌린 채 태연하게 서 있었다.

Ihre Absichten waren klar, das konnte sogar Gregor erkennen.

그녀의 의도는 분명했고, 그레고르조차도 그것을 알 수 있었다.

Und er drehte sich langsam um und kehrte zu seinem ursprünglichen Platz zurück.

그리고 그는 천천히 몸을 돌려 원래 자리로 돌아갔다.

"Sie wollen also nicht näher kommen, oder?"

"그럼 더 가까이 오고 싶지 않다는 거죠?"

Und sie stellte den Stuhl leise wieder in die Ecke.

그리고 그녀는 조용히 의자를 구석에 다시 놓았다.

Gregor aß kaum noch etwas.

그레고르는 이제 거의 아무것도 먹지 않았다.

Manchmal blieb er bei seinen Rundgängen im Zimmer stehen.

그는 방 안을 걷다가 가끔씩 멈춰 서곤 했다.

Und er befand sich neben dem für ihn zubereiteten Essen.

그리고 그는 자신을 위해 준비된 음식 옆에 서 있는 자신을 발견했다.

Er steckte sich das Essen in den Mund, aber nur, um damit zu spielen.

그는 음식을 입에 넣었지만, 그저 가지고 놀기 위해서였다.

Und nicht selten spuckte er es nach ein paar Stunden wieder aus.

그리고 그는 종종 몇 시간 후에 그것을 다시 뱉어내곤 했습니다.

Er versuchte, einen Grund für seinen Appetitverlust zu finden.

그는 식욕이 없는 이유를 찾으려 애썼다.

Vielleicht, weil er mit dem Zustand seines Zimmers unzufrieden war.

아마도 그는 자기 방 상태가 마음에 들지 않아 슬펐기 때문일 것이다.

Aber er hatte sich mit den Veränderungen im Raum abgefunden.

하지만 그는 방 안의 변화에 어느 정도 적응했다.

In letzter Zeit hatte sich sein Zimmer in eine Art Abstellraum verwandelt.

최근 그의 방은 마치 창고처럼 변해버렸다.

Sie hatten sich angewöhnt, Dinge dort liegen zu lassen.

그들은 거기에 물건을 두고 가는 습관이 생겼다.

Und nun lagen noch viele solcher Dinge in seinem Zimmer.

이제 그의 방에는 그런 물건들이 많이 남아 있었다.

Weil ein Zimmer der Wohnung vermietet worden war.

아파트의 방 하나가 세를 놓았기 때문입니다.

Drei ernsthafte Herren mieteten das Zimmer gemeinsam.

세 명의 성실한 신사분들이 함께 방을 빌려 쓰고 있었다.

Gregor hat sie einmal durch einen Türspalt erblickt.

그레고르는 문틈으로 그들을 본 적이 있다.

Sie trugen Vollbärte und waren penibel gekleidet.

그들은 덥수룩한 수염을 기르고 있었고, 옷차림도 매우 단정했다.

Sie achteten penibel darauf, dass alles ordentlich blieb.

그들은 모든 것을 깔끔하게 유지하는 데 매우 꼼꼼했다.

Ihr Hang zur Ordnung beschränkte sich nicht nur auf ihr Zimmer.

그들의 깔끔함에 대한 집착은 방에만 그치지 않았다.

Die gesamte Wohnung musste tadellos sauber gehalten werden.

아파트 전체를 완벽하게 깨끗하게 유지해야 했습니다.

Sie legten sogar noch mehr Wert auf das Aussehen der Küche.

그들은 주방의 외관에 대해서도 훨씬 더 까다로웠다.

Und unnötigen Unrat konnten sie nicht dulden.

그리고 그들은 불필요한 잡동사니를 전혀 용납할 수 없었습니다.

Sie hatten auch ihre eigenen Möbel mitgebracht.

그들은 자신들의 가구도 함께 가져왔다.

Aus diesem Grund waren viele Dinge überflüssig geworden.

이러한 이유로 많은 것들이 불필요해졌다.

Das waren Dinge, für die niemand Geld bezahlen würde.

그것들은 아무도 돈을 주고 사려 하지 않는 물건들이었다.

Die Familie wollte diese Dinge aber auch nicht wegwerfen.

하지만 가족들은 이런 물건들을 버리고 싶지도 않았습니다.

All diese Dinge landeten irgendwo in Gregors Zimmer.

이 모든 물건들은 그레고르의 방 어딘가로 들어갔다.

Der Aschenbecher aus der Küche stand nun in seinem Zimmer.

부엌에 있던 재떨이는 이제 그의 방에 놓여 있었다.

Und der Müll wurde bis zum Abholtag in seinem Zimmer aufbewahrt.

그리고 쓰레기는 수거일까지 그의 방에 보관되었다.

Das Dienstmädchen warf alles, was sie nicht brauchte, in sein Zimmer.

하녀는 필요 없는 물건들을 그의 방에 던져 넣었다.

Zum Glück sah er nichts weiter als die Hand und den Gegenstand.

다행히 그는 손과 물건 외에는 아무것도 보지 못했습니다.

Sie hatte wahrscheinlich vor, die Sachen später abzuholen.

아마 나중에 물건들을 가지러 다시 오려고 했던 것 같아요.

Oder vielleicht wollte sie einfach alles auf einmal wegwerfen.

어쩌면 그녀는 모든 걸 한꺼번에 버리고 싶었을지도 몰라.

Doch alles blieb dort, wo es ursprünglich gelandet war.

하지만 모든 것은 처음 떨어졌을 때 그대로 남아 있었다.

Es sei denn, Gregor bewegte den Schrott, indem er sich hindurchzwängte.

그레고르가 그 쓰레기 더미 사이를 비집고 들어가 옮기지 않는 한 말이다.

Zuerst musste er sich durch den ganzen Schrott hindurchkriechen.

처음에 그는 온갖 잡동사니 속을 기어 다녀야 했다.

Es gab für ihn keine Möglichkeit, dies zu vermeiden.

그에게는 그렇게 하지 않을 방법이 없었다.

Später fand er jedoch tatsächlich Freude an dieser Tätigkeit.

하지만 나중에 그는 오히려 이 활동에서 즐거움을 찾게 되었습니다.

Diese Anstrengung hinterließ ihn jedoch traurig und zutiefst erschöpft.

그러한 노력은 그에게 슬픔과 극심한 피로감을 안겨주었지만.

Und danach war er viele Stunden lang bewegungsunfähig.

그 후 그는 몇 시간 동안 움직일 수 없었다.

Die Untermieter aßen manchmal im Wohnzimmer.

하숙생들은 때때로 거실에서 식사를 했다.

Die Wohnzimmertür blieb an diesen Abenden geschlossen.

그 저녁들 동안 거실 문은 닫혀 있었다.

Gregor hatte aber keine Schwierigkeiten, die Tür jetzt nicht zu öffnen.

하지만 그레고르는 이제 문을 열지 않는 데 아무런 어려움이 없었다.

Selbst wenn die Tür offen war, schaute er nicht immer hinaus.

문이 열려 있어도 그는 항상 밖을 내다보지는 않았다.

Doch er legte sich in die dunkelste Ecke des Zimmers.

하지만 그는 방의 가장 어두운 구석에 몸을 숨겼다.

Auch der Familie fiel seine mangelnde Aufmerksamkeit nicht auf.

가족들도 그의 무관심을 눈치채지 못했다.

Doch einmal ließ das Dienstmädchen die Tür offen.

하지만 한번은 하녀가 문을 열어둔 채로 나간 적이 있었어요.

Die Tür blieb auch dann offen, als die Mieter zurückkehrten.

하숙인들이 돌아왔을 때도 문은 열려 있었다.

Und die Tür war offen, als das Licht eingeschaltet wurde.

불이 켜졌을 때 문은 열려 있었다.

Der Mann saß an dem Tisch, an dem die Familie zu Abend aß.

그 남자는 가족들이 저녁 식사를 하는 테이블에 앉았다.

Vater, Mutter und Gregor saßen dort in früheren Zeiten.

아버지, 어머니, 그리고 그레고르가 예전에 그곳에 앉아

계셨습니다.

Sie entfalteten die Servietten und nahmen Messer und Gabeln.

그들은 냅킨을 펼치고 나이프와 포크를 집어 들었다.

Die Mutter erschien mit einer Schüssel Fleisch in der Tür.

어머니는 고기가 담긴 그릇을 들고 문간에 나타났다.

Dann kam die Schwester mit einer Schüssel voller Kartoffeln herein.

그러자 여동생이 감자가 가득 담긴 그릇을 들고 들어왔다.

Die Untermieter beugten sich über die vor ihnen aufgestellten Schüsseln.

하숙인들은 앞에 놓인 그릇 위로 몸을 숙였다.

Der dichte Rauch des Essens stieg ihnen bis in die Nasen.

음식에서 피어오르는 자욱한 연기가 그들의 코끝까지 올라왔다.

Aber sie hatten noch nicht entschieden, ob sie das Essen essen würden.

하지만 그들은 음식을 먹을지 말지 아직 결정하지 못했다.

Vielleicht würden sie das Essen zurück in die Küche schicken.

아마 그들은 음식을 주방으로 돌려보낼 것입니다.

Der Mann in der Mitte schien die Autoritätsperson zu sein.

가운데 앉아 있는 남자는 권위자처럼 보였다.

Er schnitt das Fleisch an, um festzustellen, ob es zart genug war.

그는 고기가 충분히 부드러운지 확인하기 위해 잘랐다.

Er war zufrieden mit dem Geruch und Aussehen des Essens.

그는 음식 냄새와 모양에 만족했다.

Die Mutter und die Schwester hatten sie ängstlich beobachtet.

어머니와 누나는 불안한 마음으로 그들을 지켜보고 있었다.

Und sie begannen zu lächeln, begleitet von einem Seufzer der aufgestauten Erleichterung.

그들은 쌓여왔던 안도의 한숨을 내쉬며 미소를 짓기 시작했다.

Die Familie selbst wollte in der Küche essen.

그 가족들은 직접 부엌에서 식사를 할 예정이었다.

Doch zuerst ging der Vater nach den Untermietern sehen.

하지만 아버지는 먼저 하숙생들을 확인하러 갔다.

Er verbeugte sich einmal und hielt dabei seine Arbeitsmütze in der Hand.

그는 손에 직장에서 쓰던 모자를 든 채 한 번 고개를 숙였다.

Und er ging einmal im Kreis um den Tisch herum, zu jedem Gast.

그리고 그는 식탁 주위를 한 바퀴 돌며 손님 한 명 한 명에게 인사를 건넸습니다.

Die Untermieter standen alle auf und murmelten in ihre Bärte.

하숙생들은 모두 일어서서 턱수염에 얼굴을 묻고 중얼거렸다.

Nachdem er gegangen war, aßen sie in fast völliger Stille.

그가 떠난 후 그들은 거의 완벽한 침묵 속에서 식사를 했다.

Gregor fand es seltsam, dass er Kaugeräusche hörte.

그레고르는 무언가를 씹는 소리가 들리는 것이 이상하게 느껴졌다.

Kein anderer Aspekt des Essens schien Geräusche zu verursachen.

식사의 다른 어떤 부분에서도 소리가 나지 않는 것 같았다.

Aber er konnte deutlich hören, wie Zähne aufeinander knirschten.

하지만 그는 이빨이 서로 갈리는 소리를 분명히 들을 수 있었다.

Sie schienen ihm sagen zu wollen, dass er Zähne zum Essen brauche.

그들은 마치 그에게 음식을 먹으려면 이빨이 필요하다고 말하는 것 같았다.

"Ohne Zähne im Kiefer kann man gar nichts machen."

"턱에 이빨이 없으면 아무것도 할 수 없어요."

„Ich möchte etwas essen", sagte Gregor ängstlich.

"뭐 좀 먹고 싶어요." 그레고르가 초조하게 말했다.

„Aber ich habe keinen Appetit auf das, was ihr alle esst."

"하지만 저는 여러분이 드시는 음식은 전혀 먹고 싶지 않아요."

„Seht euch an, wie diese Mieter essen, und ich verhungere hier."

"저 하숙생들은 잘 먹는데, 나는 굶주리고 있군."

Gregor dachte an diesem Abend zufällig an die Geige.

그날 저녁 그레고르는 우연히 바이올린에 대해 생각하게 되었다.

Er hatte die Geige seit der Verwandlung nicht mehr gehört.

그는 변신 이후로 바이올린 소리를 들어본 적이 없었다.

Doch dann, an diesem Abend, ertönte ein Geräusch aus der Küche.

그런데 오늘 저녁, 부엌에서 소리가 들렸습니다.

Die Herren hatten ihr Abendessen bereits beendet.

그 신사분들은 이미 저녁 식사를 마치셨습니다.

Der mittlere Herr hatte begonnen, eine Zeitung zu lesen.

가운데 계신 신사분이 신문을 읽기 시작하셨다.

Den beiden anderen Herren hatte er jeweils ein Blatt gegeben.

그는 다른 두 신사에게 각각 시트 한 장씩을 주었다.

Und nun lehnten sie sich zurück, lasen und rauchten.

이제 그들은 기대앉아 책을 읽고 담배를 피우고 있었다.

Als die Geige zu spielen begann, wurden sie aufmerksam.

바이올린 연주가 시작되자 그들은 귀를 기울이기 시작했다.

Sie standen auf und gingen auf Zehenspitzen zur Tür des Vorzimmers.

그들은 일어서서 발끝으로 살금살금 걸어 대기실 문으로 향했다.

Hier standen sie eng beieinander und lauschten an der Tür.

그들은 문 앞에서 서로 몸을 웅크리고 서서 귀를 기울였다.

Die Familie muss die Männer aus der Küche gehört haben.

가족들은 부엌에서 남자들의 소리를 들었을 것이다.

Denn der Vater rief sie und fragte sie:

아버지가 그들을 불러 물었기 때문입니다.

"Ist die Geige für die Herren vielleicht unbequem?"

"바이올린 연주가 신사분들께 불편하시지는 않을까요?"

„Wenn Ihnen die Musik nicht gefällt, können wir sofort aufhören."

"음악이 마음에 안 드시면 바로 멈출 수 있어요."

„Im Gegenteil", sagte der mittlere der beiden Herren.

"오히려 그 반대입니다." 가운데 있던 신사가 말했다.

Möchte die junge Dame in unserem Zimmer Geige spielen?

"아가씨, 저희 방에서 바이올린 연주해 보시겠어요?"

„Hier ist es definitiv viel komfortabler und gemütlicher."

"여기가 훨씬 더 편안하고 아늑하네요."

Der Vater antwortete, als wäre er selbst der Geiger.

아버지는 마치 자신이 바이올린 연주자인 것처럼 대답했다.

"Oh bitte, das wäre wunderbar", rief der Vater.

"아, 제발, 그러면 정말 좋겠어요!" 아버지가 외쳤다.

Die Herren kehrten ins Wohnzimmer zurück und warteten.

신사분들은 거실로 돌아가 기다리셨습니다.

Bald darauf kam der Vater mit dem Notenständer ins Zimmer.

곧 아버지가 악보대를 들고 방으로 들어왔다.

Die Mutter kam mit dem Notenbuch ins Zimmer.

어머니는 악보를 들고 방으로 들어왔다.

Und die Schwester kam mit der Geige ins Zimmer.

그러자 여동생이 바이올린을 들고 방으로 들어왔다.

Sie bereitete in aller Ruhe alles vor, um Geige zu spielen.

그녀는 차분하게 바이올린 연주에 필요한 모든 것을 준비했다.

Die Eltern übertrieben ihre Höflichkeit und ihr Benehmen.

부모들은 예의 바르고 공손한 태도를 과장했다.

Sie hatten zuvor noch nie Zimmer an Untermieter vermietet.

그들은 이전에는 하숙생에게 방을 빌려준 적이 없었다.

Und sie trauten sich nicht einmal, auf ihren eigenen Stühlen zu sitzen.

그들은 자기네 의자에 앉는 것조차 감히 엄두도 내지 못했다.

Statt sich hinzusetzen, lehnte sich der Vater gegen die Tür.

아버지는 앉는 대신 문에 기대섰다.

Seine rechte Hand befand sich zwischen zwei Knöpfen seines Mantels.

그의 오른손은 코트 단추 두 개 사이에 있었다.

Der Mutter wurde jedoch von einem Herrn ein Stuhl angeboten.

하지만 한 신사가 어머니에게 의자를 권했습니다.

Aber sie setzte sich an die Stelle, wo der Herr den Stuhl hingestellt hatte.

하지만 그녀는 그 신사가 의자를 놓아둔 자리에 앉았습니다.

Und er hatte den Stuhl nicht an einem bestimmten Ort aufgestellt.

그리고 그는 의자를 특별히 아무 곳에나 놓아두지 않았다.

So saß die Mutter abseits von allen anderen in einer Ecke.

그래서 어머니는 다른 사람들과 떨어져 구석에 앉았습니다.

Und schließlich begann die Schwester Geige zu spielen.

그리고 마침내 여동생이 바이올린을 연주하기 시작했습니다.

Die Eltern auf den gegenüberliegenden Seiten beobachteten das Geschehen aufmerksam.

양쪽에 앉은 부모들은 주의 깊게 지켜보았다.

Und sie beobachteten jede Bewegung ihrer Hand genau.

그들은 그녀의 손동작 하나하나를 주의 깊게 지켜보았다.

Gregor war auch vom Geigenspiel fasziniert.

그레고르는 바이올린 연주에도 매료되었다.

Und er wagte sich ein Stück weiter aus seinem Zimmer hinaus.

그는 방에서 조금 더 밖으로 나갔다.

Er hatte den Kopf schon im Wohnzimmer.

그는 이미 머리를 거실 안으로 집어넣고 있었다.

Er war stets sehr stolz darauf, besonders rücksichtsvoll zu sein.

그는 남을 배려하는 것을 매우 자랑스럽게 여겼습니다.

Doch in letzter Zeit hinterfragte er seine Nachlässigkeit kaum noch.

하지만 최근 그는 자신의 부주의함에 대해 거의 의문을 제기하지 않았다.

Auch wenn er jetzt mehr Grund hatte, sich zu verstecken als zuvor.

그가 이전보다 숨어야 할 이유가 더 많아졌음에도 불구하고.

Weil sein Zimmer mit Staub und allerlei Schmutz bedeckt war.

그의 방이 먼지와 온갖 때로 뒤덮여 있었기 때문입니다.

Die geringste Bewegung wirbelte allerlei Schmutz auf.

아주 작은 움직임에도 온갖 오물이 휘몰아쳤다.

Der ganze Dreck klebte an ihm: Staub, Haare, Essensreste.

먼지, 머리카락, 음식물 찌꺼기 등 온갖 더러운 것들이 그의 몸에 달라붙었다.

Er hätte den Schmutz am Teppich abreiben können.

그는 카펫에 문질러서 먼지를 털어낼 수도 있었을 것이다.

Das tat er mehrmals täglich.

그는 예전에 이런 일을 하루에도 여러 번 하곤 했다.

Doch seine Gleichgültigkeit gegenüber allem war viel zu groß.

하지만 그는 모든 것에 대해 너무나 무관심했다.

Deshalb hatte er keine Angst, noch ein Stück weiterzugehen.

그래서 그는 조금 더 앞으로 나아가는 것을 두려워하지 않았습니다.

Und er betrat den makellosen Wohnzimmerboden.

그리고 그는 거실의 깨끗한 바닥으로 발걸음을 옮겼다.

Doch niemand bemerkte ihn oder schenkte ihm Beachtung.

하지만 아무도 그를 알아채지 못했고, 관심을 기울이지도 않았다.

Die Familie war völlig in das Konzert vertieft.

가족들은 콘서트에 완전히 몰입해 있었다.

Die Herren hingegen zogen sich zunächst zurück.

반면, 신사분들은 처음에는 물러섰습니다.

Und sie standen dicht hinter dem Notenständer der Schwester.

그들은 여동생의 악보대 바로 뒤에 서 있었다.

Wenn sie hingesehen hätten, hätten sie die Noten sehen können.

그들이 자세히 살펴보았더라면 악보를 볼 수 있었을 것이다.

Dies hätte die Schwester natürlich beunruhigt.

물론 이는 여동생을 불안하게 했을 것이다.

Dann blieben sie am Fenster stehen, anstatt sich hinzusetzen.

그들은 앉는 대신 창가에 서 있었다.

Mit den Händen in den Taschen redeten sie weiter.

그들은 주머니에 손을 넣은 채 계속 이야기를 나눴다.

Sie blieben dort, während der Vater ängstlich zusah.

그들은 그 자리에 머물렀고, 아버지는 불안한 표정으로 지켜보았다.

Man hatte den Eindruck, dass sie andere Erwartungen hatten.

그들이 다른 기대를 갖고 있는 듯한 인상을 받았다.

Und es schien wirklich so, als wären sie enttäuscht gewesen.

그리고 그들은 정말 실망한 것 같았다.

Es schien, als hätten sie genug von der Vorstellung.

그들은 공연에 질린 것 같았다.

Sie hatten zugelassen, dass die Geige ihren Frieden störte.

그들은 바이올린 소리가 자신들의 평화를 깨뜨리도록 내버려 두었다.

Und sie tolerierten die Musik nur aus Höflichkeit.

그들은 단지 예의상 그 음악을 참아냈을 뿐이었다.

Besonders beunruhigend war, wie sie den Rauch wegbliesen.

그들이 연기를 날려버리는 방식은 특히 섬뜩했다.

Und dennoch spielte sie so wunderschön Geige.

그런데도 그녀는 바이올린을 너무나 아름답게 연주하고 있었다.

Ihr Gesicht war leicht zur Seite geneigt, auf der Geige.

그녀의 얼굴은 바이올린에 살짝 기울어져 있었다.

Ihr Blick wanderte traurig die Notenlinien entlang.

그녀의 눈은 슬픈 표정으로 악보를 따라 더듬거리고 있었다.

Gregor fühlte sich ein wenig mehr ins Wohnzimmer hineingezogen.

그레고르는 거실에 더욱 끌리는 느낌을 받았다.

Er hielt den Kopf dicht am Boden, blickte aber nach oben.

그는 고개를 땅에 바짝 붙인 채였지만, 시선은 위로 향했다.

Vielleicht würde sich so der Blick seiner Schwester mit seinem treffen.

어쩌면 이렇게 하면 여동생의 시선이 그의 눈과 마주칠지도 모른다.

Kann man wirklich sagen, dass er nur ein Tier war?

그를 단순히 동물에 불과했다고 정말로 말할 수 있을까요?

War er etwa ein Tier, wenn ihn Musik so fesseln konnte?

음악에 그토록 매료될 수 있다면 그는 짐승과 같은 존재일까?

Er hatte das Gefühl, ihm sei ein Weg zu unbekannter Nahrung gezeigt worden.

그는 마치 알 수 없는 양분으로 향하는 길을 본 것 같은 느낌을 받았다.

Vielleicht war dies die Nahrung, die ihm fehlte.

어쩌면 이것이 그에게 부족했던 영양분이었을지도 모른다.

Er war fest entschlossen, zu seiner Schwester zu gelangen.

그는 여동생을 향해 나아가기로 결심했다.

Er wollte an ihrem Rock zupfen, um ihre Aufmerksamkeit zu erregen.

그는 그녀의 관심을 끌기 위해 치마를 잡아당기고 싶었다.

Er wollte ihr eine Art Einladung signalisieren.

그는 그녀에게 초대한다는 뜻을 전하고 싶었다.

„Komm und spiel Geige in meinem Zimmer", wollte er sagen.

그는 "내 방에 와서 바이올린을 연주해 줘"라고 말하고 싶었다.

Er wollte, dass sie für ihre wunderschöne Musik belohnt wird.

그는 그녀의 아름다운 음악에 대한 보상을 받기를 바랐다.

"Niemand hier belohnt dich dafür, dass du Geige spielst."

"여기서는 아무도 당신이 바이올린을 연주한다고 보상해주지 않아요."

Er wollte sie nicht mehr aus seinem Zimmer lassen.

그는 더 이상 그녀를 방에서 내보내고 싶지 않았다.

Er wollte, dass sie so lange bei ihm blieb, wie er lebte.

그는 자신이 살아있는 동안 그녀가 곁에 있어주기를 바랐다.

Zum ersten Mal hatte seine Verwandlung einen Vorteil.

그의 변화가 처음으로 긍정적인 결과를 가져왔다.

Seine Missbildung würde ihm nun endlich noch von Nutzen sein.

그의 기형적인 외모가 결국 그에게 유용하게 쓰이게 될 참이었다.

Er wollte gleichzeitig an allen vier Türen sein.

그는 네 개의 문 모두에 동시에 서 있고 싶어했다.

Er wollte sie von allen Seiten anfauchen und anspucken.

그는 사방에서 그들에게 쉿쉿거리고 침을 뱉고 싶었다.

Seine Schwester sollte nicht gezwungen werden, bei ihm zu bleiben.

그의 여동생은 그와 함께 지내도록 강요받아서는 안 된다.

Er wollte, dass sie sich freiwillig dafür entschied, bei ihm zu bleiben.

그는 그녀가 자발적으로 자신과 함께 있기로 선택하기를 바랐다.

Sie wollte sich neben ihn setzen und sich zu ihm hinunterbeugen.

그녀는 그의 옆에 앉아 몸을 숙여 그에게 말을 걸려고 했다.

Und er wollte ihr von der Musikschule erzählen.

그리고 그는 그녀에게 음악학교에 대해 이야기해 줄 생각이었다.

Er hatte die feste Absicht, sie auf die Akademie zu schicken.

그는 그녀를 사관학교에 보내겠다는 확고한 의지를 갖고 있었다.

Das hätte er allen schon letztes Weihnachten erzählt.

그는 지난 크리스마스에 이 이야기를 모두에게 했을 거예요.

War Weihnachten etwa schon wieder vorbei?

크리스마스가 벌써 또 지나갔나?

Und er hätte sich von niemandem davon abbringen lassen.

그리고 그는 누구도 자신을 말리도록 내버려 두지 않았을 것이다.

Doch dann setzte das Unglück allem ein Ende.

하지만 불행한 사고로 모든 것이 중단되었습니다.

Die Schwester wäre von ihren Gefühlen überwältigt gewesen.

여동생은 감정에 북받쳐 올랐을 것이다.

Und dann wäre Gregor bis auf ihre Schulter geklettert.

그러면 그레고르는 그녀의 어깨 위로 올라갔을 것이다.

Und er hätte sie getröstet, indem er ihren Hals geküsst hätte.

그는 그녀의 목에 입맞춤하며 위로해 주었을 것이다.

„Herr Samsa!", rief der Mann in der Mitte dem Vater zu.

"삼사 씨!" 가운데 있던 남자가 아버지를 불렀다.

Er zeigte mit dem Zeigefinger nach unten auf Gregor.

그는 검지손가락으로 그레고르를 가리키고 있었다.

Gregor bewegte sich langsam über den Wohnzimmerboden.

그레고르는 거실 바닥을 천천히 가로질러 움직이고 있었다.

Das Geigenspiel verstummte sehr schnell.

바이올린 연주는 순식간에 멈췄다.

Der mittlere der drei Männer lächelte seine Freunde an.

세 사람 중 가운데 있던 남자가 친구들에게 미소를 지었다.

Dann schüttelte er den Kopf und blickte zurück zu Gregor.

그러고 나서 그는 고개를 저으며 그레고르를 다시 바라보았다.

Der Vater hätte Gregor zurück in sein Zimmer schicken können.

아버지는 그레고르를 억지로 방으로 돌려보낼 수도 있었다.

Das war jedoch nicht die erste Maßnahme, zu der er sich entschloss.

하지만 그것이 그가 처음으로 결정한 행동은 아니었습니다.

Er hielt es für wichtiger, die Herren zu beruhigen.

그는 신사분들을 진정시키는 것이 더 중요하다고 생각했습니다.

Obwohl sie von Gregor eigentlich überhaupt nicht verärgert waren.

사실 그들은 그레고르 때문에 전혀 화가 난 것은 아니었다.

Gregor schien unterhaltsamer als das Geigenspiel.

그레고리는 바이올린 연주보다 더 재미있어 보였다.

Er eilte mit ausgestreckten Armen auf sie zu.

그는 두 팔을 벌린 채 그들에게 달려갔다.

Er gab sein Bestes, um ihren Blick auf Gregor zu verbergen.

그는 그레고르에 대한 그들의 시각을 최대한 감추려고 애썼다.

Und er versuchte, sie zur Rückkehr in ihr Zimmer zu bewegen.

그리고 그는 그들이 방으로 돌아가도록 격려하려고

노력했습니다.

Das hat sie eher ein wenig verärgert.

오히려 이것 때문에 그들은 약간 짜증이 났습니다.

Es war aber schwer zu sagen, was genau sie störte.

하지만 정확히 무엇이 그들을 화나게 했는지는 알기 어려웠다.

Der Vater verdarb die abendliche Unterhaltung.

아버지가 그날 밤의 즐거움을 망치고 있었다.

Aber sie hatten auch gerade erst von ihrem neuen Mitbewohner erfahren.

하지만 그들은 새 룸메이트에 대해서도 막 알게 된 참이었다.

Sie hoben die Hände, genau wie der Vater es getan hatte.

그들은 아버지가 했던 것처럼 손을 들었다.

Sie verlangten vom Vater eine sofortige Erklärung.

그들은 아버지에게 즉각적인 해명을 요구했다.

Sie zupften unruhig an ihren Bärten, um eine Antwort zu bekommen.

그들은 답을 기다리며 초조하게 수염을 잡아당겼다.

Und sie bewegten sich rückwärts in ihr Zimmer, aber sehr langsam.

그들은 아주 천천히 뒷걸음질쳐 방으로 돌아갔다.

Die Unterbrechung hatte die Schwester in eine Trance versetzt.

갑작스러운 방해로 여동생은 멍한 상태에 빠졌다.

Sie ließ Geige und Bogen an ihrer Seite herabhängen.

그녀는 바이올린과 활을 옆구리에 늘어뜨린 채였다.

Und sie blickte auf die Notenblätter, als ob sie immer noch spielen würde.

그녀는 마치 연주가 계속되는 것처럼 악보를 바라보았다.

Doch dann zog sie sich plötzlich wieder ins Zimmer zurück.

그런데 그때 그녀는 갑자기 몸을 다시 방 안으로 끌어당겼다.

Und sie hatte nun das Gefühl, verloren zu sein, überwunden.

그리고 그녀는 이제 길을 잃었다는 느낌을 극복했다.

Sie legte das Musikinstrument auf den Schoß ihrer Mutter.

그녀는 악기를 어머니의 무릎 위에 올려놓았다.

Die Mutter saß schwer atmend auf dem Stuhl.

어머니는 의자에 앉아 거친 숨을 몰아쉬고 있었다.

Und dann musste die Schwester ins Nebenzimmer rennen.

그러자 여동생은 옆방으로 뛰어 들어가야 했다.

Sie musste alles für die Herren vorbereiten.

그녀는 신사분들을 위해 모든 것을 준비해야 했습니다.

Sie warf die Decken und Kissen in die Luft.

그녀는 담요와 쿠션을 공중으로 던졌다.

Und mit ihren geschickten Händen richtete sie die gesamte Bettwäsche her.

그녀는 능숙한 손길로 침구류를 모두 정리했습니다.

Sie war schon fertig, bevor die Herren den Raum erreichten.

그녀는 신사분들이 방에 도착하기 전에 이미 일을 마쳤습니다.

Und sie verschwand, bevor sie ihnen in die Quere kam.

그리고 그녀는 그들이 막히기 전에 슬그머니 빠져나갔다.

Der Vater schien von seiner eigenen Sturheit beherrscht zu sein.

아버지는 자신의 고집에 사로잡힌 듯 보였다.

Und so vergaß er jeglichen Respekt, den er seinen Mietern schuldete.

그래서 그는 세입자들에게 마땅히 보여야 할 존중을 모두

잊어버렸다.

Er drängte und drängte, bis deren Sprecher Einspruch erhob.

그는 계속해서 압박했고, 결국 대변인이 반대할 때까지 멈추지

않았다.

Als er die Tür erreichte, stampfte er wütend mit dem Fuß auf.

그는 문 앞에 도착하자 화가 나서 발을 쿵쿵 굴렀다.

Und damit brachte er den Vater zum Schweigen.

그리하여 그는 아버지를 멈춰 세웠다.

„Hiermit erkläre ich", begann er sich an seinen Vermieter zu wenden.

"저는 이로써 선언합니다." 그는 집주인에게 말을 시작했다.

Und er hob die Hand und blickte die ganze Familie an.

그는 손을 들어 온 가족을 바라보았다.

„Hinsichtlich der widerlichen Zustände im Zimmer;"

"객실의 끔찍한 상태에 대해 말씀드리자면,"

Und er sorgte dafür, dass alle seinen Worten zuhörten.

그리고 그는 모든 사람들이 자신의 말에 귀 기울이도록 했다.

"Hiermit kündige ich meinen Auszug aus meinem Zimmer."

"본인은 이로써 제 방을 비워줄 것임을 통보합니다."

Und er unterstrich seine Aussage zusätzlich, indem er auf den Boden spuckte.

그리고 그는 땅에 침을 뱉으며 자신의 주장을 더욱 분명히
드러냈다.

„Auch die Tage, die ich hier gelebt habe, werde ich nicht
bezahlen.“

"저는 제가 이곳에서 살았던 날들에 대한 비용을 지불하지 않을
것입니다."

**Mit dieser Rückerstattung war er allerdings nicht ganz
zufrieden.**

하지만 그는 이 환불에 완전히 만족하지 못했습니다.

„Und ich werde erwägen, weitere Forderungen an Sie zu
stellen.“

"그리고 저는 당신에게 다른 요구 사항을 제시하는 것을 고려할
것입니다."

„Glauben Sie mir, solche Forderungen lassen sich sehr leicht
rechtfertigen.“

"제 말을 믿으세요, 그런 요구는 아주 쉽게 정당화될 겁니다."

Er schwieg und blickte den Vater direkt an.

그는 아무 말도 하지 않고 아버지 쪽을 똑바로 바라보았다.

Er schien zu erwarten, dass noch etwas passieren würde.

그는 뭔가 더 큰 일이 일어나기를 기대하는 듯 보였다.

**Tatsächlich hatten seine beiden Freunde sofort die gleiche
Idee.**

사실 그의 두 친구도 즉시 같은 생각을 했다.

„Wir stornieren auch unsere Zimmer“, sagten sie unisono.

"저희도 객실 예약을 취소합니다." 그들이 한목소리로 말했다.

Dann packte er den Türgriff und schloss die Tür.

그는 문손잡이를 잡고 문을 닫았다.

**Und mit einem lauten Knall schlossen sie sich in ihrem
Zimmer ein.**

그리고 그들은 쾅 하는 소리를 내며 방 안으로 들어가 문을
닫았다.

Der Vater taumelte mit tastenden Händen zu seinem Stuhl.

아버지는 더듬거리며 의자로 비틀거리며 다가갔다.

Und er ließ sich besiegt in den Stuhl fallen.

그는 패배감을 느끼며 의자에 털썩 주저앉았다.

Es sah so aus, als ob er seinen üblichen Abendschlaf halten würde.

그는 평소처럼 저녁 낮잠을 자러 가는 것처럼 보였다.

Sein Kopf nickte jedoch fast so, als ob er nicht gestützt würde.

하지만 그의 머리는 마치 받쳐주는 것이 없는 것처럼 끄덕여졌다.

Und man konnte sehen, dass er überhaupt nicht schlief.

그리고 그는 전혀 잠을 자지 않고 있는 것이 분명해 보였다.

Während all dem hatte Gregor sich nicht von der Stelle gerührt.

이 모든 과정 동안 그레고르는 그 자리에서 한시도 움직이지 않았다.

Er befand sich noch immer an der Stelle, wo die Herren ihn zuerst gesehen hatten.

그는 신사들이 처음 그를 봤던 바로 그 자리에 여전히 있었다.

Selbst wenn er umziehen wollte, fand er es unmöglich.

그는 이사를 원했더라도 불가능하다는 것을 알게 되었다.

Entweder aus Enttäuschung oder aus Hunger.

실망감 때문인지, 아니면 배고픔 때문인지.

Er war enttäuscht über das Scheitern seines Plans.

그는 자신의 계획이 실패한 것에 실망했다.

Und er war geschwächt von dem anhaltenden Hunger, den er verspürte.

그는 오랫동안 지속된 굶주림으로 인해 쇠약해져 있었다.

Er war sich sicher, dass sich jeden Moment alle gegen ihn wenden würden.

그는 언제든 모든 사람들이 자신에게 등을 돌릴 것이라고 확신했다.

In Erwartung des unmittelbar bevorstehenden Zusammenbruchs wartete er.

그는 임박한 붕괴를 예상하며 기다렸다.

Die Geige begann vom Schoß der Mutter zu rutschen.

바이올린이 어머니의 무릎에서 미끄러져 내려가기 시작했다.

Mit einem ohrenbetäubenden Geräusch fiel die Geige zu Boden.

굉음과 함께 바이올린이 땅에 떨어졌다.

Doch selbst dieses plötzliche Krachen ließ ihn nicht erschrecken.

하지만 갑작스러운 충돌 소리조차 그를 놀라게 하지 못했다.

„Liebe Eltern", sagte die Schwester, „so kann es nicht weitergehen."

"부모님," 여동생이 말했다. "이대로는 안 돼요."

Und um ihrer Aussage Nachdruck zu verleihen, schlug sie mit der Hand auf den Tisch.

그녀는 자신의 주장을 강조하기 위해 테이블을 손으로 내리쳤다.

"Ich werde den Namen meines Bruders vor diesem Monster nicht aussprechen."

"나는 이 괴물 앞에서 내 동생의 이름을 입에 담지 않겠다."

„Deshalb sage ich es so deutlich wie möglich:"

"그래서 제가 최대한 직설적으로 말씀드리는 겁니다."

„Uns bleibt keine andere Wahl, als dieses Tier loszuwerden."

"우리는 이 동물을 없애버릴 수밖에 없어."

„Wir haben unser Bestes getan, um dieses Tier zu tolerieren und zu pflegen."

"우리는 이 동물을 최대한 참아주고 돌보려고 노력했습니다."

„Ich glaube nicht, dass uns irgendjemand auch nur im Geringsten die Schuld geben kann."

"누구도 우리를 조금이라도 비난할 수 없을 거라고 생각해요."

„Sie hat tausendfach Recht", stimmte der Vater zu.

"그녀 말이 천 번이고 만 번이고 맞습니다." 아버지가 동의했다.

Die Mutter hatte noch immer nicht wieder richtig Luft bekommen.

어머니는 아직 숨을 완전히 고르지 못했다.

Sie begann dumpf in ihre Hand zu husten und atmete schwer.

그녀는 손으로 입을 가리고 힘겹게 기침을 하기 시작했고, 숨을 헐떡였다.

Und in ihren Augen begann sich ein wahnsinniger Ausdruck abzuzeichnen.

그러자 그녀의 눈에 광기 어린 표정이 나타나기 시작했다.

Die Schwester eilte zu ihrer Mutter und hielt sich die Stirn.

여동생은 어머니에게 달려가 이마를 움켜쥐었다.

Der Vater schien von den Worten der Schwester inspiriert zu sein.

아버지는 여동생의 말에 감명을 받은 듯했다.

Und seine Gedanken schienen klarer als zuvor.

그의 생각은 이전보다 더 명확해 보였다.

Er hörte auf, mit dem Kopf zu nicken, und setzte sich wieder aufrecht hin.

그는 고개를 끄덕이는 것을 멈추고 다시 똑바로 앉았다.

Und er spielte, in tiefes Nachdenken versunken, mit der Mütze seines Dieners.

그는 깊은 생각에 잠겨 하인의 모자를 만지작거렸다.

Die Teller der Mieter standen noch auf dem Tisch.

세입자들이 쓰던 접시들이 여전히 테이블 위에 놓여 있었다.

Und manchmal blickte er zu dem schweigenden Gregor hinüber.

그리고 그는 때때로 말없이 서 있는 그레고르를 바라보았다.

„Wir müssen versuchen, es loszuwerden", sagte die Schwester zu ihm.

"우리는 그것을 없애도록 노력해야 해," 여동생이 그에게 말했다.

Die Mutter war zu sehr mit Husten beschäftigt, um
zuzuhören.

어머니는 기침하느라 정신이 없어서 듣지 못했다.

„Das wird euch beide umbringen, ich sehe es schon
kommen."

"그건 너희 둘 다 죽일 거야. 벌써부터 그렇게 될 게 보여."

„Wir können nicht alle weiterhin so hart arbeiten wie
bisher."

"우리 모두가 지금처럼 열심히 일할 수는 없어요."

„Und jeden Tag müssen wir nach Hause kommen und diese
Qualen erleiden."

"그리고 우리는 매일 이 고문 속으로 돌아와야 합니다."

„Wir können das nicht mehr ertragen. Ich kann das nicht
mehr ertragen."

"더 이상 참을 수 없어요. 저는 더 이상 참을 수 없어요."

In einem letzten Tränenausbruch sank sie ihrer Mutter in
die Arme.

그녀는 마지막으로 울음을 터뜨리며 어머니에게 달려갔다.

Die Tränen rannen ihr über das Gesicht und auf das ihrer
Mutter.

그녀의 얼굴을 타고 눈물이 흘러내려 어머니의 얼굴에 떨어졌다.

Und mit einer mechanischen Bewegung wischte sie sich die
Tränen weg.

그녀는 기계적인 동작으로 눈물을 닦아냈다.

„Mein Kind", sagte der Vater mitfühlend.

"내 아이야," 아버지가 애틋한 목소리로 말했다.

In seiner Stimme lag tiefes Mitgefühl und Verständnis.

그의 목소리에는 깊은 공감과 이해심이 담겨 있었다.

„Aber was sollen wir tun?", gestand er und gab zu, es nicht
zu wissen.

"하지만 우리는 어떻게 해야 할까요?" 그는 모른다고 고백했다.

Die Schwester zuckte nur hilflos mit den Schultern.

여동생은 어쩔 수 없다는 듯 어깨를 으쓱했다.

Und ihr anfängliches Selbstvertrauen wich erneut Tränen.

그리고 그녀의 이전까지 보여줬던 자신감은 다시 눈물로 바뀌었다.

„Wenn er uns doch nur verstehen würde", sagte der Vater laut.

"그가 우리를 이해해주기만 한다면..." 아버지가 큰 소리로 말했다.

Und er fragte sich halb, ob Gregor es vielleicht verstanden hatte.

그리고 그는 그레고르가 이해했을지 반쯤 의심했다.

Die Schwester schüttelte unter Tränen heftig die Hand.

여동생은 울면서 손을 격렬하게 흔들었다.

Und so signalisierte sie, dass man diese Idee gar nicht erst in Erwägung ziehen sollte.

그래서 그녀는 그런 생각은 아예 하지 말아야 한다는 신호를 보냈다.

„Aber wenn er uns doch nur verstehen würde", wiederholte der Vater.

"하지만 그가 우리를 이해해주기만 한다면 얼마나 좋을까요," 아버지가 되풀이했다.

Er schloss die Augen und dachte über die Antwort seiner Schwester nach.

그는 눈을 감고 여동생의 대답을 곰곰이 생각했다.

"Wenn er verstünde, dass eine Vereinbarung mit ihm getroffen werden könnte."

"그가 이해한다면 그와 합의가 이루어질 수 있을 것이다."

„Aber unter den gegebenen Umständen..."

"하지만 세상이 이렇게 돌아가는 이상..."

„Es muss weg!", rief die Schwester, „es ist der einzige Weg."

"꼭 없애야 해," 여동생이 외쳤다. "그게 유일한 방법이야."

„Du musst den Gedanken loswerden, dass es Gregor ist."

"그 사람이 그레고르라는 생각을 버려야 해요."

„Dass wir das so lange geglaubt haben, ist unser eigentliches Unglück."

"우리가 그것을 너무 오랫동안 믿었다는 것이야말로 우리의 진정한 불행이다."

„Aber wie kann es Gregor sein?", fragte sie ihren Vater.

"하지만 어떻게 그레고르일 수 있어요?" 그녀가 아버지에게 물었다.

„Er wusste, dass ein solches Tier nicht mit Menschen zusammenleben kann."

"그는 그런 동물이 인간과 공존할 수 없다는 것을 알고 있었다."

„Gregor hätte uns schon längst freiwillig verlassen."

"그레고르는 오래전에 자발적으로 우리 곁을 떠났을 겁니다."

„Das stimmt, dann hätten wir keinen Bruder mehr."

"맞아요, 그랬다면 우리는 형제가 없었겠죠."

„Aber wir könnten weiterleben und sein Andenken ehren."

"하지만 우리는 계속해서 그의 기억을 기리고 살아갈 수 있습니다."

„Aber dieses Ungeheuer verfolgt uns und vertreibt unsere Pächter."

"하지만 이 짐승이 우리를 쫓아오고 우리 세입자들을 쫓아냅니다."

„Es will ganz offensichtlich die ganze Wohnung in Besitz nehmen."

"분명히 아파트 전체를 차지하려는 것 같네요."

„Dieses Biest will, dass wir auf der Straße schlafen."

"이 짐승은 우리를 길거리에서 자게 만들려고 한다."

"Schau, Vater", rief sie plötzlich, "er bewegt sich schon wieder!"

"아빠, 보세요!" 그녀가 갑자기 소리쳤다. "또 움직여요!"

Und sie tat etwas, das selbst Gregor nicht verstehen konnte.

그리고 그녀는 그레고르조차 이해할 수 없는 일을 저질렀다.

Sie stieß sich von sich selbst ab, als wolle sie die Mutter opfern.

그녀는 마치 어머니를 희생시키듯 몸을 밀쳐냈다.

Und sie rannte hinter ihrem Vater her, um sich in Sicherheit zu bringen.

그녀는 안전을 위해 아버지 뒤를 따라 달렸다.

Der Vater war nur deshalb so aufgebracht, weil seine Tochter es war.

아버지가 동요한 것은 딸이 동요했기 때문이었다.

Doch dann stand auch er auf und hob die Arme über sie.

그러자 그도 일어서서 두 팔을 그녀 위로 들어 올렸다.

Gregor hatte jedoch keinerlei Absicht gehabt, irgendjemanden zu erschrecken.

하지만 그레고르는 누구를 겁주려는 의도가 전혀 없었다.

Er hatte insbesondere nicht die Absicht, seine Schwester zu erschrecken.

그는 특히 여동생을 겁주려는 생각은 전혀 없었다.

Er wollte sich gerade umdrehen und zurück in sein Zimmer gehen.

그는 그저 자기 방으로 돌아가려고 했을 뿐이었다.

Doch in seinem sich verschlechternden Zustand war selbst das schwierig.

하지만 그의 상태가 악화되면서 이마저도 어려웠다.

Und er konnte seine Beine nicht mehr vollumfänglich nutzen.

그리고 그는 더 이상 다리를 온전히 사용할 수 없게 되었습니다.

Also benutzte er seinen Kopf, um seinen Körper anzuheben und sich umzudrehen.

그래서 그는 머리를 이용해 몸을 들어 올리고 몸을 돌렸다.

Er hielt inne und suchte in der Familie nach deren Zustimmung.

그는 잠시 말을 멈추고 가족들의 승인을 구하듯 주위를
둘러보았다.
Seine guten Absichten schienen erkannt worden zu sein.
그의 선의가 인정받은 것 같았다.
Seine Bewegung hatte sie nur kurzzeitig erschreckt.
그의 움직임은 그들에게 순간적인 충격이었을 뿐이었다.
Nun blickten sie ihn alle in unglücklichem Schweigen an.
이제 그들은 모두 슬픈 침묵 속에 그를 바라보고 있었다.
Die Mutter lag noch immer erschöpft im Sessel.
어머니는 여전히 안락의자에 지쳐서 누워 있었다.
Vater und Schwester saßen nebeneinander.
아버지와 여동생은 나란히 앉아 있었다.
»Vielleicht lassen sie mich jetzt umdrehen«, dachte Gregor.
"이제 돌아서게 해 줄지도 몰라." 그레고르는 생각했다.
Und er setzte seine unbeholfene Drehbewegung fort.
그는 어색하게 몸을 돌리는 동작을 계속했다.
**Er konnte die gelegentlichen Atemzüge der Anstrengung
nicht unterdrücken.**
그는 힘든 시기에 간간이 터져 나오는 숨소리를 억누를 수 없었다.
**Und er war gezwungen, zwischendurch ein paar Mal Pausen
einzulegen.**
그리고 그는 중간중간에 몇 번 휴식을 취해야 했습니다.
Niemand drängte ihn jetzt zur Eile; es lag ganz bei ihm.
이제 아무도 그에게 서두르라고 재촉하지 않았다. 모든 것은 그의
몫이었다.
**Schließlich vollendete er die langsame und schmerzhafte
Drehung.**
결국 그는 느리고 고통스러운 방향 전환을 완료했다.
Er machte sich sofort auf den Weg zurück in sein Zimmer.
그는 곧바로 자기 방으로 곧장 걸어가기 시작했다.

Er war erstaunt darüber, wie weit er von seinem Zimmer entfernt war.

그는 자기 방에서 얼마나 멀리 떨어져 있는지에 놀랐다.

Wie war er trotz seiner Schwäche zuvor dorthin gelangt?

그는 몸이 약한데도 불구하고 어떻게 전에는 거기에 도착했던 걸까?

Er war fast denselben Weg gegangen, ohne es zu bemerken.

그는 자신도 모르는 사이에 거의 같은 길을 걸어왔다.

Er konzentrierte sich jetzt nur noch darauf, so schnell wie möglich zu krabbeln.

그는 이제 최대한 빨리 기어가는 데에만 집중했다.

Das Ausbleiben von Kommentaren störte ihn nicht.

아무도 언급하지 않은 것은 그에게 전혀 문제가 되지 않았다.

Erst als er schon in der Tür war, drehte er den Kopf.

그는 문 안으로 완전히 들어서고 나서야 고개를 돌렸다.

Aber er konnte sich nicht vollständig umdrehen und zurückblicken.

하지만 그는 완전히 뒤돌아볼 수는 없었다.

Denn er spürte, wie sich sein Nacken beim Umdrehen noch mehr versteifte.

그는 몸을 돌리자 목이 더욱 뻣뻣해지는 것을 느꼈다.

Doch er sah, dass sich hinter ihm ohnehin nichts verändert hatte.

하지만 그는 뒤에서 아무것도 변하지 않았다는 것을 깨달았다.

Der einzige Unterschied war, dass seine Schwester aufgestanden war.

유일한 차이점은 그의 여동생이 일어섰다는 것이었다.

Sein letzter Blick verriet ihm, dass seine Mutter eingeschlafen war.

그가 마지막으로 본 모습은 어머니가 잠들어 있는 것이었다.

Sobald er in seinem Zimmer war, wurde die Tür geschlossen.

그가 방 안으로 들어가자마자 문이 닫혔다.

Und sobald die Tür geschlossen war, wurde der Schrank verriegelt.

문이 닫히자마자 금고는 잠겼다.

Gregor erschrak über das unerwartete Geräusch hinter ihm.

그레고르는 뒤에서 들려오는 예상치 못한 소음에 깜짝 놀랐다.

Und vor lauter Überraschung knickten seine Beine unter ihm ein.

갑작스러운 놀라움에 그의 다리가 풀려 주저앉았다.

Es war seine Schwester, die hinter ihm zur Tür geeilt war.

그의 뒤를 따라 문으로 달려간 사람은 그의 여동생이었다.

Sie stand bereits aufrecht da und wartete auf ihn.

그녀는 이미 그곳에 똑바로 서서 그를 기다리고 있었다.

Dann machte sie einen leichten Sprung nach vorn, ohne dass Gregor es hörte.

그녀는 그레고르가 듣지 못하도록 가볍게 앞으로 뛰어올랐다.

"Endlich!", rief sie laut, als sie den Schlüssel umdrehte.

"드디어!" 그녀는 열쇠를 돌리며 큰 소리로 외쳤다.

„Was nun?", fragte sich Gregor, allein in der Dunkelheit.

"이제 어떻게 하지?" 그레고르는 어둠 속에 홀로 서서 혼잣말을 했다.

Er merkte bald, dass er sich überhaupt nicht mehr bewegen konnte.

그는 곧 자신이 더 이상 전혀 움직일 수 없다는 것을 깨달았다.

Doch seine Unbeweglichkeit überraschte ihn nicht wirklich.

하지만 그는 자신의 움직일 수 없는 상태에 그다지 놀라지 않았다.

Sich auf so dünnen Beinen fortbewegen zu können, erschien lächerlich.

그렇게 가는 다리로 움직일 수 있다는 건 우스꽝스러워 보였다.

Er wusste nicht, wie ihm das jemals gelungen war.

그는 자신이 어떻게 그 일을 해낼 수 있었는지 도무지 알 수
없었다.

Abgesehen davon fühlte er sich aber relativ wohl.

하지만 그 점을 제외하면 그는 비교적 편안함을 느꼈다.

**Es stimmt, dass er am ganzen Körper tiefe Schmerzen
verspürte.**

그가 온몸에 극심한 고통을 느꼈다는 것은 사실입니다.

Doch der Schmerz schien immer schwächer zu werden.

하지만 통증은 점점 약해지는 것 같았다.

**Und er hatte das Gefühl, der Schmerz würde irgendwann
verschwinden.**

그리고 그는 그 고통이 결국 사라질 것이라고 느꼈습니다.

Er spürte den faulen Apfel in seinem Rücken kaum noch.

그는 이제 등에 박힌 썩은 사과의 느낌을 거의 느끼지 못했다.

Er dachte mit Rührung und Liebe an seine Familie zurück.

그는 감정과 애정을 담아 가족을 떠올렸다.

**Er spürte die Gefühle seiner Schwester noch stärker als sie
selbst.**

그는 여동생보다 훨씬 더 여동생의 감정을 느꼈다.

**Sie hatte Recht mit dem, was sie gesagt hatte; er musste
gehen.**

그녀의 말이 맞았다. 그는 떠나야만 했다.

**Er verbrachte einige Zeit in diesem leeren und friedlichen
Zustand.**

그는 이 한적하고 평화로운 곳에서 얼마간 시간을 보냈습니다.

Die Uhr schlug dreimal, leise, aber bestimmt.

시계는 조용하지만 단호하게 세 번 종을 울렸다.

Gregor wurde sanft aus seinen Betrachtungen gerissen.

그레고르는 생각에 잠겨 있던 상태에서 부드럽게 깨어났다.

**Er beobachtete, wie das Morgenlicht langsam in sein
Zimmer drang.**

그는 아침 햇살이 천천히 방 안으로 들어오는 것을 지켜보았다.

Dann sank sein Kopf völlig nach unten, ohne dass er es wollte.

그러자 그의 머리는 본인의 의지와 상관없이 완전히 아래로 푹 떨어졌다.

Und sein letzter Atemzug entwich schwach aus seinen Nasenlöchern.

그리고 그의 마지막 숨결이 콧구멍에서 힘없이 흘러나왔다.

Das Dienstmädchen kam früh am Morgen in sein Zimmer.

하녀는 이른 아침에 그의 방으로 들어왔다.

Bei ihrem üblichen kurzen Besuch fand sie nichts Ungewöhnliches vor.

그녀는 평소처럼 짧은 방문 동안 아무런 특이한 점도 발견하지 못했다.

Aus Kraft und in Eile knallte sie alle Türen zu.

힘도 없고 서두르느라 그녀는 모든 문을 쾅 닫아버렸다.

An ruhigen Schlaf war in der gesamten Wohnung nicht zu denken.

아파트 전체에서 편안한 잠을 잘 수 있는 사람은 아무도 없었다.

Sie war gebeten worden, dies morgens zu vermeiden.

그녀는 아침에는 이 행동을 하지 말아달라는 부탁을 받았다.

Sie glaubte, er läge absichtlich so regungslos da.

그녀는 그가 일부러 그렇게 미동도 없이 누워있는 거라고 생각했다.

Vielleicht wollte er ihr zeigen, dass er beleidigt war.

어쩌면 그는 그녀에게 자신이 불쾌했다는 것을 보여주고 싶었을지도 모른다.

Sie vertraute darauf, dass er über alle Arten von Intelligenz verfügte.

그녀는 그가 온갖 지능을 갖추고 있을 거라고 믿었다.

Sie hielt zufällig den langen Besen in der Hand.

마침 그녀는 손에 긴 빗자루를 들고 있었다.

Also versuchte sie von der Tür aus, Gregor ein wenig zu kitzeln.

그래서 그녀는 문 앞에서 그레고르를 살짝 간지럽혀 보려고 했다.

Sie war etwas verärgert darüber, dass er überhaupt nicht reagierte.

그가 전혀 답장을 하지 않아서 그녀는 약간 짜증이 났다.

Deshalb stieß sie ihn diesmal etwas energischer an.

그래서 그녀는 이번에는 좀 더 단호하게 그를 밀쳤다.

Als er keinen Widerstand leistete, sah sie genauer hin.

그가 아무런 저항도 보이지 않자 그녀는 더 자세히 살펴보았다.

Bald begriff sie, was Gregor wirklich zugestoßen war.

그녀는 곧 그레고르에게 실제로 무슨 일이 일어났는지 깨달았다.

Sie öffnete die Augen noch weiter und pfiff vor sich hin.

그녀는 눈을 더욱 크게 뜨고는 혼잣말로 휘파람을 불었다.

Doch sie zögerte nicht lange, bevor sie die Tür öffnete.

하지만 그녀는 문을 열기까지 시간을 낭비하지 않았다.

Und sie rief mit lauter Stimme in die Dunkelheit:

그리고 그녀는 어둠 속으로 큰 소리로 외쳤습니다.

"Komm und sieh es dir an, da liegt es, völlig tot."

"와서 한번 보세요, 저기 완전히 죽어 누워 있어요."

Die beiden Eltern saßen aufrecht in ihrem Ehebett.

두 부모는 부부 침대에 똑바로 앉아 있었다.

Zuerst mussten sie den Lärmschock überwinden.

우선 그들은 소음의 충격을 극복해야 했습니다.

Doch dann begannen sie langsam, ihre Botschaft zu verstehen.

하지만 그들은 서서히 그녀의 메시지를 이해하기 시작했습니다.

Herr und Frau Samsa sprangen jeweils von ihrer Seite des Bettes.

삼사 씨 부부는 각각 침대에서 뛰어내렸습니다.

Herr Samsa warf sich die dicke Decke über die Schultern.

삼사 씨는 두꺼운 담요를 어깨에 걸쳤다.

Und Frau Samsa kam nur im Nachthemd heraus.

그러자 삼사 부인은 잠옷만 입은 채로 나왔다.

Und so gelangten sie in Gregors Zimmer.

그렇게 그들은 그레고르의 방으로 들어갔다.

Inzwischen hatte sich auch die Tür zum Wohnzimmer geöffnet.

그러는 사이 거실 문도 열려 있었다.

Grete hatte dort geschlafen, seit die Mieter eingezogen waren.

그레테는 세입자들이 이사 온 이후로 줄곧 그곳에서 잠을 잤다.

Sie war vollständig angezogen, als hätte sie überhaupt nicht geschlafen.

그녀는 마치 전혀 잠을 자지 않은 것처럼 옷을 완전히 차려입고 있었다.

Ihr blasses Gesicht schien ebenfalls ihren Schlafmangel zu beweisen.

그녀의 창백한 얼굴은 수면 부족을 여실히 보여주는 듯했다.

„Er ist tot?", fragte Frau Samsa und blickte die Magd an.

"그가 죽었다고요?" 삼사 부인이 하녀를 바라보며 물었다.

Das hätte sie selbst überprüfen können, indem sie ihn angesehen hätte.

그녀는 직접 그를 보면 이를 확인할 수 있었을 것이다.

„Ich glaube schon", sagte das Dienstmädchen und hob den Besen auf.

"그런 것 같아요." 하녀가 빗자루를 집어 들며 말했다.

Und sie schob seinen Körper ein langes Stück über den Boden.

그리고 그녀는 그의 몸을 바닥을 가로질러 한참 밀었다.

Frau Samsa machte eine Bewegung, als wolle sie sie aufhalten.

삼사 부인은 마치 그녀를 말리고 싶은 듯 동작을 취했다.

Doch am Ende ließ sie das Dienstmädchen Gregor herumschieben.

하지만 결국 그녀는 하녀가 그레고르를 이리저리 끌고 다니도록 내버려 두었다.

„Nun", sagte Herr Samsa, „endlich können wir Gott danken."

"드디어 하나님께 감사드릴 수 있게 됐네요." 삼사 씨가 말했다.

Er bekreuzigte sich; Kopf, Brust, Schultern.

그는 머리, 가슴, 어깨에 십자가 성호를 그었습니다.

Und die drei Frauen folgten seinem religiösen Beispiel.

그리고 그 세 여성은 그의 종교적 모범을 따랐습니다.

Grete, die den Blick nicht von der Leiche abwandte, sagte:

시체를 떼지 않고 있던 그레테는 이렇게 말했다.

„Seht nur, wie dünn er war! Er hat so lange nichts gegessen."

"봐, 얼마나 말랐는지. 오랫동안 아무것도 못 먹었나 봐."

„Das Futter, das ich ihm jeden Morgen hinstellte, war immer unberührt."

"제가 매일 아침 그에게 놓아둔 음식은 항상 손도 대지 않은 채 그대로였습니다."

Tatsächlich war Gregors Körper völlig flach und trocken.

실제로 그레고르의 시신은 완전히 납작하고 말라 있었다.

Dies war nun, da er am Boden lag, deutlicher zu erkennen.

그가 땅에 쓰러지자 그 사실이 더욱 분명해졌다.

Weil sein Körper nicht mehr von seinen Beinen hochgehalten wurde.

그의 몸이 더 이상 다리로 지탱되지 않았기 때문이다.

Und weil es nichts anderes gab, was die Aussicht beeinträchtigte.

그리고 시야를 가리는 다른 것이 아무것도 없었기 때문입니다.

„Komm doch für eine Weile mit uns herein, Grete", sagte Frau Samsa.

"그레테, 우리랑 같이 잠깐 들어오자." 삼사 부인이 말했다.

Während sie sprach, lag ein gequältes Lächeln auf ihren Lippen.

그녀는 말하는 내내 입가에 고통스러운 미소를 띤 채였다.

Grete folgte ihnen, blickte aber auch immer wieder zurück auf die Leiche.

그레테는 그들을 따라갔지만, 시체를 뒤돌아보기도 했다.

Das Dienstmädchen schloss die Tür und öffnete das Fenster ganz.

하녀는 문을 닫고 창문을 활짝 열었다.

Es war noch früh, daher wäre die Luft normalerweise kalt.

아직 이른 시간이었기에 공기는 대개 차가웠다.

Doch in der kalten Luft lag auch ein Hauch von Wärme.

하지만 차가운 공기 속에는 따뜻함도 섞여 있었다.

Wie eine sanfte Erinnerung daran, dass es nun Ende März war.

마치 3월 말이 되었다는 것을 부드럽게 일깨워주는 것 같았다.

Die drei Mieter verließen nun ebenfalls ihr Zimmer.

세 명의 세입자도 이제 방에서 나왔다.

Sie schauten sich staunend nach ihrem Frühstück um.

그들은 아침 식사를 찾으려고 주위를 둘러보며 놀란 표정을 지었다.

Das Frühstück wurde vergessen, wegen dem, was das Dienstmädchen gefunden hatte.

하녀가 발견한 것 때문에 아침 식사는 잊어버렸다.

„Wo gibt es Frühstück?", grummelte der mittlere Herr.

"아침 식사는 어디 있죠?" 가운데 앉은 남자가 투덜거렸다.

Das Dienstmädchen legte den Finger an den Mund, um Ruhe zu gebieten.

하녀는 조용히 하라는 뜻으로 손가락을 입술에 댔다.

Und sie winkte den Herren hastig und stumm zu.

그녀는 서둘러 조용히 신사들에게 손을 흔들었다.

Das Dienstmädchen geleitete die drei Herren in den Raum.

하녀는 세 신사를 방 안으로 안내했다.

Und sie erklärte ihnen weiterhin, was geschehen war.

그리고 그녀는 그들에게 무슨 일이 있었는지 계속해서 설명했다.

Und die drei Herren standen um Gregors Leichnam herum.

그리고 세 신사는 그레고르의 시신 주위에 서 있었다.

Mit den Händen in den Taschen blickten sie nach unten.

그들은 손을 주머니에 넣은 채 아래를 내려다보았다.

Das Morgenlicht hatte den Raum nun vollständig durchflutet.

아침 햇살이 방 안을 가득 채웠다.

Dann öffnete sich die Schlafzimmertür und Herr Samsa erschien.

그러자 침실 문이 열리고 삼사 씨가 나타났습니다.

Auf der einen Seite saß seine Frau, auf der anderen seine Tochter.

한쪽에는 그의 아내가, 다른 한쪽에는 그의 딸이 앉아 있었다.

Herr Samsa trug inzwischen bereits seine Uniform.

삼사 씨는 이미 제복을 입고 있었다.

Man konnte sehen, dass sie alle ein bisschen geweint hatten.

그들 모두가 조금씩 울었던 것이 분명해 보였다.

Grete drückte ihr Gesicht an den Arm ihres Vaters.

그레테는 얼굴을 아버지의 팔에 바짝 붙였다.

„Verlassen Sie sofort meine Wohnung!", befahl Herr Samsa.

"당장 내 아파트에서 나가!" 삼사 씨가 명령했다.

Und er deutete auf die Tür, ohne die Frauen gehen zu lassen.

그는 여자들을 보내주지 않고 문을 가리켰다.

„Was meinen Sie damit?", fragte der Mittelsmann verunsichert.

"무슨 말씀이세요?" 중간책이 당황하며 물었다.

Und er gab sich alle Mühe, Herrn Samsa freundlich anzulächeln.

그리고 그는 삼사 씨에게 최대한 상냥하게 미소 지으려고
노력했습니다.

Die anderen beiden hielten ihre Hände hinter dem Rücken.

나머지 두 사람은 손을 등 뒤로 하고 있었다.

Und sie rieben sich erwartungsvoll die Hände.

그들은 기대감에 손을 비볐다.

Offenbar erwarteten sie einen lauten Streit.

그들은 큰 싸움이 벌어질 것을 예상하는 듯했다.

**Aber sie schienen sich auf die bevorstehende
Auseinandersetzung zu freuen.**

하지만 그들은 다가오는 논쟁에 대해 기뻐하는 듯 보였다.

Sie dachten, der Streit würde zu ihren Gunsten ausgehen.

그들은 분쟁에서 자신들이 유리할 것이라고 생각했다.

**„Ich meine genau das, was ich eben gesagt habe", antwortete
Herr Samsa.**

"제가 방금 말한 그대로의 의미입니다."라고 삼사 씨가 대답했다.

Er ging mit seinen beiden Begleitern in einer geraden Linie.

그는 두 동행자와 함께 일직선으로 걸었다.

Und Herr Samsa ging direkt auf ihren Anführer zu.

그리고 삼사 씨는 그들의 우두머리에게 직접 다가갔습니다.

Der Herr blieb zunächst stehen und blickte zu Boden.

그 신사는 처음에는 가만히 서서 땅을 바라보았습니다.

Die Gedanken in seinem Kopf waren noch im Wandel.

그의 머릿속은 여전히 정리되고 있었다.

**"Gut, dann gehen wir", sagte er und blickte zu Herrn Samsa
auf.**

"좋아요, 가죠." 그는 말하며 삼사 씨를 올려다보았다.

Eine neue Demut schien ihn plötzlich ergriffen zu haben.

그에게 갑자기 새로운 겸손함이 찾아온 듯했다.

**Und er schien um Erlaubnis für diese Entscheidung zu
bitten.**

그리고 그는 마치 이 결정에 대한 허락을 구하는 듯 보였다.

Herr Samsa öffnete die Augen weit und nickte leicht.

삼사 씨는 눈을 크게 뜨고 고개를 살짝 끄덕였습니다.

Die Herren folgten seinem Befehl unverzüglich.

그 신사분들은 즉시 그의 명령에 따랐습니다.

Und sie machten tatsächlich große Schritte in den Flur hinein.

그리고 그들은 실제로 복도로 성큼성큼 걸어 들어갔다.

Seine Freunde hatten bereits aufgehört, sich die Hände zu reiben.

그의 친구들은 이미 손을 비비는 것을 멈췄다.

Sie hatten mitgehört, wie das Gespräch verlaufen war.

그들은 대화가 어떻게 진행되는지 듣고 있었다.

Und nun rannten sie ihm nach, als ob sie Angst hätten.

그들은 마치 두려움에 떨듯 그를 뒤쫓아 달려갔다.

Es ist möglich, dass Herr Samsa sie immer noch von ihrem Anführer isoliert.

삼사 씨는 여전히 그들을 지도자로부터 고립시킬 수도 있습니다.

Sie zogen ihre Stöcke aus dem Stöckebehälter.

그들은 막대기 통에서 막대기를 꺼냈다.

Und sie verbeugten sich schweigend, bevor sie die Wohnung verließen.

그들은 아파트를 나서기 전에 말없이 고개를 숙였다.

Herr Samsa und die beiden Frauen traten aus dem Vorplatz.

삼사 씨와 두 여성은 앞마당에서 나왔습니다.

Aber eigentlich hatten sie keinen Grund, den Männern zu misstrauen.

하지만 사실 그들이 그 남자들을 불신할 이유는 전혀 없었다.

Sie lehnten sich ans Geländer, um zu überprüfen, ob sie weg waren.

그들은 그들이 갔는지 확인하기 위해 난간에 기대섰다.

Die drei Herren kamen tatsächlich die Treppe herunter.

세 신사분들은 실제로 계단을 내려가고 계셨습니다.

In einer bestimmten Kurve der Treppe verschwanden sie.

계단의 어느 굽은 곳에서 그들은 사라졌다.

Und dann brachte die Treppe sie wieder in Sichtweite.

그러다가 계단을 통해 그들이 다시 시야에 들어왔다.

Dieses Erscheinen und Verschwinden wiederholte sich auf jeder Etage.

이렇게 나타났다 사라지는 현상이 각 층마다 반복되었습니다.

Doch schließlich waren sie fast am Ziel.

하지만 결국 그들은 거의 바닥에 도달했습니다.

Je weiter sie gingen, desto uninteressanter wurden sie.

그들이 멀리 갈수록 점점 더 흥미를 잃어갔다.

Alle kehrten erleichtert ins Haus zurück.

모두들 안도한 듯 집으로 돌아갔다.

Sie beschlossen, den Tag zum Ausruhen und für einen Spaziergang zu nutzen.

그들은 휴식을 취하고 산책을 나가는 데 하루를 쓰기로 했다.

Sie waren der Meinung, dass sie sich diese Auszeit von ihrer Arbeit verdient hatten.

그들은 자신들이 일에서 벗어나 휴식을 취할 자격이 있다고 생각했다.

Sie hatten diese Auszeit nicht nur verdient, sie brauchten sie auch.

그들은 이 휴식을 누릴 자격이 있었을 뿐만 아니라, 절실히 필요했습니다.

Sie setzten sich an den Tisch, um Entschuldigungsbriefe zu schreiben.

그들은 사과 편지를 쓰기 위해 테이블에 앉았다.

Herr Samsa verfasste seinen Entschuldigungsbrief an die Geschäftsleitung.

삼사 씨는 회사 경영진에게 사과 편지를 썼습니다.

Frau Samsa schrieb ihren Entschuldigungsbrief an ihre Kunden.

삼사 여사는 고객들에게 사과 편지를 썼습니다.

Und Grete schrieb ihren Entschuldigungsbrief an ihren Schulleiter.

그리고 그레테는 교장 선생님께 사과 편지를 썼습니다.

Während alle schrieben, kam das Dienstmädchen ins Zimmer.

그들이 모두 글을 쓰고 있는 동안 하녀가 방으로 들어왔다.

Ihre Arbeit am Vormittag war erledigt, also ging sie nach Hause.

그녀는 오전 업무를 마쳤기 때문에 집으로 가고 있었다.

Die drei Schriftsteller nickten zunächst, ohne aufzusehen.

세 명의 작가는 처음에는 고개를 들지 않고 고개만 끄덕였다.

Das Dienstmädchen schien aber noch nicht gehen zu wollen.

하지만 하녀는 아직 떠나고 싶지 않은 것 같았다.

Sie wartete einen Moment, bis die drei Schriftsteller aufblickten.

그녀는 세 명의 작가가 고개를 들 때까지 잠시 기다렸다.

„Na?", fragte Herr Samsa verärgert, genau wie die anderen.

"그래서요?" 삼사 씨는 다른 사람들처럼 화가 난 목소리로 물었다.

Das Dienstmädchen stand mit einem Lächeln im Gesicht in der Tür.

하녀는 얼굴에 미소를 띤 채 문간에 서 있었다.

Sie erweckte den Eindruck, gute Neuigkeiten zu verkünden zu haben.

그녀는 마치 좋은 소식을 전할 것처럼 보였다.

Aber sie würde die Neuigkeit nicht preisgeben, solange sie nicht dazu aufgefordert würde.

하지만 그녀는 요청받지 않는 한 그 소식을 전하지 않을 생각이었다.

Die aufrecht stehende Straußenfeder an ihrem Hut schwankte leicht.

그녀의 모자에 꽂힌 타조 깃털이 살짝 흔들렸다.

Diese Straußenfeder hatte Herrn Samsa schon immer geärgert.

그 타조 깃털은 삼사 씨를 늘 거슬리게 했다.

„Also, was wollen Sie dann?", fragte Frau Samsa bestimmt.

"그래서, 당신이 원하는 게 뭐죠?" 삼사 부인이 단호하게 물었다.

Das Dienstmädchen hatte nach wie vor großen Respekt vor Frau Samsa.

하녀는 여전히 삼사 부인을 매우 존경했다.

„Ja", antwortete sie und lachte freundlich auf.

"네," 그녀는 대답하며 정겹게 웃었다.

Einen Moment lang unterbrach sie ihr Lachen und sie verstummte.

그녀는 웃음 때문에 잠시 말을 멈췄다.

„Um das Ding nebenan brauchst du dir keine Sorgen zu machen."

"옆집 일은 걱정하지 않으셔도 돼요."

„Ich habe bereits dafür gesorgt, wie wir es loswerden."

"이미 어떻게 처리할지 계획을 세워뒀어요."

Frau Samsa und Grete schrieben ihre Briefe weiter.

삼사 부인과 그레테는 계속해서 편지를 썼다.

Herr Samsa bemerkte jedoch, dass das Dienstmädchen noch nicht fertig war.

하지만 삼사 씨는 하녀의 일이 아직 끝나지 않았다는 것을 알아챘습니다.

Nun wollte sie alles genauer beschreiben.

이제 그녀는 모든 것을 더 자세히 설명하고 싶어 했다.

Doch er streckte die Hand aus, um ihre Annäherungsversuche zurückzuweisen.

하지만 그는 그녀의 노력을 거부하듯 손을 내밀었다.

Sie erkannte, dass sie an ihren Plänen kein Interesse hatten.

그녀는 그들이 자신의 계획에 관심이 없다는 것을 깨달았다.

Und dann erinnerte sie sich an die große Eile, in der sie gewesen war.

그러고 나서 그녀는 자신이 얼마나 서둘렀는지 기억해냈다.

„Dann tschüss", sagte sie, sichtlich beleidigt über das mangelnde Interesse.

"그럼 안녕히 계세요." 그녀는 무관심한 태도에 기분이 상한 듯 말했다.

Bevor sie ging, knallte sie die Tür jedoch mit einem lauten Knall zu.

하지만 그녀는 떠나기 전에 문을 몹시 세게 닫았다.

„Sie wird heute Abend entlassen", sagte Herr Samsa.

"그녀는 저녁에 해고될 겁니다."라고 삼사 씨가 말했다.

Seine Frau und seine Tochter hatten jedoch keine Zeit, ihm zu antworten.

하지만 그의 아내와 딸은 너무 바빠서 대답할 시간이 없었다.

Weil das Dienstmädchen ihren gerade erst gewonnenen Frieden gestört hatte.

하녀가 그들이 어렵게 얻은 평화를 방해했기 때문이다.

Die Mutter und die Tochter standen auf und gingen zum Fenster.

어머니와 딸은 창가로 가려고 일어섰다.

Und so blieben sie mit den Armen umeinander liegen.

그들은 서로 팔짱을 낀 채 그 자리에 머물렀다.

Herr Samsa drehte sich in seinem Stuhl um, um sie anzusehen.

삼사 씨는 의자에서 몸을 돌려 그들을 바라보았다.

Und eine Weile lang beobachtete er sie schweigend, wie sie dort standen.

그는 한동안 그들이 그곳에 서 있는 모습을 조용히 지켜보았다.

Schließlich rief er ihnen zu: „Willst du zu mir kommen?"

마침내 그는 그들에게 "내게로 오겠느냐?"라고 외쳤다.

„Vergessen wir doch einfach all den alten Kram."

"옛날 일은 다 잊어버리자."

"Komm her und schenk mir ein wenig deiner Aufmerksamkeit."

"이리 와서 내게 잠깐 관심을 가져주시오."

Die beiden Frauen taten, wie er gesagt hatte, und eilten zu ihm hinüber.

두 여자는 그의 말대로 그에게 달려갔다.

Sie umarmten ihn herzlich und küssten ihn.

그들은 그에게 다정한 포옹을 해주고 입맞춤을 했다.

Sie kehrten schnell zurück, um ihre Briefe fertig zu schreiben.

그들은 서둘러 돌아가서 편지를 마저 썼다.

Dann verließen alle drei gemeinsam die Wohnung.

그러자 세 사람은 함께 아파트를 나섰다.

Sie waren seit Monaten nicht mehr zusammen aus dem Haus gegangen.

그들은 몇 달 동안 함께 집 밖으로 나간 적이 없었다.

Und sie fuhren mit der Straßenbahn an den Stadtrand.

그들은 전차를 타고 도시 외곽으로 갔다.

Sie hatten den gesamten Waggon der Straßenbahn für sich allein.

그들은 전차의 객차 전체를 독차지했다.

Von draußen strömte Sonnenschein durch das Fenster.

바깥에서 햇살이 창문을 통해 쏟아져 들어왔다.

Die Familie lehnte sich bequem in ihren Sitzen zurück.

가족들은 좌석에 편안하게 기대앉았다.

Und sie besprachen die Aussichten für ihre Zukunft.

그리고 그들은 자신들의 미래 전망에 대해 논의했습니다.

Bei näherer Betrachtung waren ihre Aussichten gar nicht so schlecht.

자세히 살펴보니 그들의 전망은 나쁘지 않았다.

Alle drei hatten Jobs mit dem Potenzial, mehr zu verdienen.

세 사람 모두 더 많은 수입을 올릴 수 있는 잠재력이 있는 직업을 가지고 있었습니다.

Sie hatten einander nie nach ihrer Arbeit gefragt.

그들은 서로의 일에 대해 한 번도 물어본 적이 없었다.

Doch nun hatten sie endlich Zeit, solche Dinge zu besprechen.

하지만 이제 그들은 마침내 그런 이야기를 나눌 시간을 갖게 되었다.

Sie hatten auch die Möglichkeit, in eine kleinere Wohnung umzuziehen.

그들에게는 더 작은 아파트로 이사할 수 있는 선택권도 있었습니다.

Dies hätte den größten Einfluss auf ihr Leben.

이것이 그들의 삶에 가장 큰 영향을 미칠 것입니다.

Ihre jetzige Wohnung hatte Gregor ausgesucht.

그들이 현재 살고 있는 아파트는 그레고르가 직접 골랐다.

Aber jetzt könnten sie in eine günstigere Gegend ziehen.

하지만 이제 그들은 좀 더 저렴한 곳으로 이사할 수 있게 되었습니다.

Eine kleinere Wohnung, aber eine praktischere.

더 작은 아파트지만, 훨씬 실용적인 곳이에요.

Das Gespräch über die Zukunft machte Grete wieder lebendiger.

미래에 대한 이야기를 나누자 그레테는 다시 활기를 되찾았다.

Herr und Frau Samsa bemerkten auch andere Veränderungen an ihr.

삼사 부부는 그녀에게서 다른 변화들도 알아차렸습니다.

Ihre Wangen waren vor lauter Sorgen ganz blass geworden.

그녀는 온갖 걱정 때문에 뺨이 창백해졌다.

Doch ihre Tochter entwickelte sich inzwischen zu einer feinen jungen Dame.

하지만 이제 그들의 딸은 훌륭한 숙녀로 성장하고 있었다.

Sie war mittlerweile wirklich eine wohlproportionierte und hübsche junge Frau.

그녀는 이제 정말 몸매도 좋고 아름다운 젊은 여성이 되었다.

Ihre Eltern wurden still und bewunderten ihre Tochter.

그녀의 부모는 말없이 딸을 바라보았다.

Sie wechselten Blicke und kommunizierten unbewusst.

그들은 서로를 힐끗 쳐다보며 무의식적으로 소통했다.

„Es wird bald an der Zeit sein, einen guten Mann für sie zu finden."

"곧 그녀에게 어울리는 좋은 남자를 찾아줄 때가 될 거예요."

Die Straßenbahn hatte ihr Ziel erreicht und bremste ab.

전차가 목적지에 도착해서 속도를 줄였다.

Ihre Tochter schien ihre neuen Träume zu bestätigen.

딸아이는 그들의 새로운 꿈을 확인시켜주는 듯했다.

Sie war die Erste, die aufstand und ihren jungen Körper streckte.

그녀는 제일 먼저 일어나 젊은 몸을 쭉 뻗었다.